U0044779

# 土地的
## 詩意想像

時空流轉中的人、地方與空間

劉秀美 著

# ▊序——土地、空間、拓撲

王德威

　　土地與文學的關聯可以上溯至史前神話。希臘神話的Gaea打破混沌，創造日月星辰山川；埃及神話的Geb頭頂蒼鵝，主理萬物生長。中國的女媧摶土造人，后稷教民稼穡，肇始華夏文明。千百年來東西方有關土地象徵的創作與論述不絕如縷。十八世紀赫德（Johann Gottfried Herder）號召國族文學，更視土地為文學表述的第一要素：有斯土而有斯文。時至現代，由召喚土地所形成的「感覺結構」——從鄉土到本土，從領土到故土，從淨土到惡土——不但體現在各種文藝形式上，也成為意識形態的一種。土地引申出繁複的喻象系統，是安身立命的所在，也是根深蒂固的寄託。

　　然而現代又是一個解構土地的時代。「一切堅固的東西都煙消雲散了，」〈共產主義宣言〉如是說。大規模的人口移動遷徙，改天換地的熱戰冷戰，還有工業化、「人類紀」對自然生態帶來的龐大衝擊……。土地不再是「在那裡」的亙古存在，而成

為族群、地理政治、環境以及認知領域一再辯駁的焦點。一九三〇年代以後空間研究興起不是偶然。李非博（Henri Lefebvre）探問意識形態、生產模式如何左右我們「居之不疑」的方寸之地，傅科（Michel Foucault）描述社會總已經是權力監控和知識構造下的空間，巴赫金（Mikhail Bakhtin）投射眾聲喧嘩的時空交匯，只是最明顯的例子。到了後現代，空間研究更因為數位文化和虛擬媒介的快速發展，產生層層虛實論證。

　　正是在土地與空間這兩大命題間，劉秀美教授的《土地的詩意想像》提出她的研究心得。她以當代華語文學為座標點，討論土地書寫的綿延轉折，空間想像的合縱連橫，還有最重要的，土地與空間的彼此律動如何進入時間流變的長河，形成地方或區域歷史意識。本書共有七章，由三項主題相互貫穿。第一至三章聚焦臺灣原住民族文學近年的發展，分別處理排灣族女性經由西藏轉山覓得歸鄉之路的過程；日治時代賽德克亞族相互歧出的溯源敘事；卑南族重組及虛構斯卡羅遺事的得失。第四、五章則將焦點轉向臺灣與中國大陸及海外華語社群的離散經驗。張系國生於大陸，長於臺灣，赴美留學後回臺又離臺，最終定居異鄉。謝裕民是土生土長的新加坡作家，卻在「重構南洋圖像」的寫作中勾勒出無比繁複的家族歷史，從明鄭臺灣到印尼香料群島，外省「第十代」的尋根之旅引發出始／史料未及的發現。本書最後兩章則以花蓮及香港九龍城寨為案例，探討「城」作為「地方」的意義。花蓮位處「後山」，居民來自四方，城鄉定位一直模糊不

清。九龍城寨則是歷史夾縫中擠兌而出的空間，三不管的「飛地」。兩者在近年面臨重新定位的挑戰，花蓮變身為觀光勝地，杜撰的「幸福空間」，九龍城寨則在拆毀後轉為公園以及影視電玩的世界。

從臺灣大武山到西藏岡仁布欽山，從花蓮到香港九龍城寨，從新加坡、印尼到北美，從巴代到張愛玲，《土地的詩意想像》涵蓋一系列不同的空間座標及書寫範疇，在在可以看出劉教授用心所在。她一方面肯定在地、原鄉經驗的必要性，另一方面也對當下以模擬論為前提的研究提出修正。寫實主義、鄉土文學每每強調文字及藝術媒介模仿、再現現實的威力，彷彿掌握某種信念或描述訣竅就能掌握時空，為土地定位。與此相對，她介紹「時空流轉」觀念，提醒我們空間──由三個線性維度所構造的座標場域──的物理性、歷史性和權宜性必須付諸不斷檢視。而如果將「空間」中文二字拆開解讀，我們理解「空」不是空空如也，而是虛位以待；「間」意味處所、地方、時候，還有最重要的，兩者之中的縫隙以及關聯。

本書前三章立刻導入正題：再沒有比原住民敘事更能凸顯臺灣的土地情結了。劉教授關心的是，在標榜原住民族土地敘事與國家、族群正義同時，我們可曾挖掘他們信仰與記憶的曲折線索，以及漢語敘事規範所加諸的軟性暴力？更何況原住民族所曾固守的土地其實早已成為國家領土的一部分，與土地息息相關的生活和信仰體系也因現代化的無所不在而節節敗退。面對這樣的

難題，當代原住民族土地述寫必須另闢蹊徑。排灣族女子伊苞在眼前無路之際，踏上西藏轉山之旅。她的紀實之作《老鷹，再見》敘述異鄉朝聖的體驗如何讓她心有靈犀，重燃對故鄉祖靈的信念。排灣族與藏族的地緣差異何止千里，但兩者對「幸福空間」的追求如出一轍。聖山——不論是臺灣南部的大武山或是西藏深處的岡仁布欽、阿尼瑪卿山——跳脫了俗世的土地框架，真正有了超越意義。

賽德克族近年因為影視媒介廣受注意，但在大歷史主導的敘述下，這一族群內部的恩怨和分合，還有因此衍生的錯綜記憶幾乎已被遮蔽。劉教授重探日本殖民時期人類學研究報告，呈現賽德克亞族的遷徙路徑以及祖述起源的方式竟是如此混雜，一如他們遷居的途徑。重建這些族群的譜系重建也正是理解其間的分叉。同樣的，卑南族一支卡日卡蘭部落1633年的南遷始末歷來眾「說」紛紜。因為部落沒有文字記錄傳統，一切歷史憑靠世代口傳接力，莫衷一是。當代卑南族作家巴代憑藉人類學考察資料以及祖輩口傳寫出小說《斯卡羅人》。小說裡的歷史、記憶、虛構交相為用，所構造的族裔譜系不僅是尋根溯本的努力，更是一種詩意的召喚。

捍衛臺灣本土立場的學者企圖建立島上原生性（indigeneity）理想，當然值得尊重。但在強烈的尋根焦慮下，他們不知不覺形成原鄉、原道、原住民，原教旨的連鎖。一方面將原住民族化為正本清源的島嶼象徵，另一方面又亟亟還原原住民族的絕對本體

性。前者將原住民族寓言化，後者將原住民族始原／絕緣化，兩者誠意十足，卻都忽略原住民在地的、歷史的處境與時俱變。在劉教授的研究下，原住民族不是株守部落的樣板存在，他們的征伐墾殖、生老病死形成複雜而不斷變動的生態網絡，難以由簡化的土地標籤定位。原住民族為我們上了一課：千百年的土地經驗不僅止於根深蒂固，而是根莖流轉。錯位的聖山，抵觸的記憶，以虛代實的歷史，族群的輾轉記憶與遺忘、遷徙與定居，離散與回歸，神聖與褻瀆間，不斷將古老的話題賦予新意。

　　本書的第四、五章處理土地／空間辯證另一組議題：離散與反離散。場景由臺灣擴大到東南亞與北美。近年華語語系統研究興起，史書美教授提出「反離散」論，要求移居他鄉者不再眷戀故土，而應落地生根，融入在地文化。如此理論有其政治正確性，卻極易陷入簡化邏輯，成為前述土地迷思的倒影。離散在任何社會形態裡都不應是常態，但離散作為生存的選項之一，卻攸關主體的能動性與自決權。劉教授以美國的張系國、新加坡的謝裕民、臺灣的伊苞作為實例。

　　張系國生於大陸，1949國共裂變，隨家人來臺，完成大學教育後赴美。張學成之後本擬回臺就業，因為政治原因再度決定返美定居至今。但張對臺灣未嘗或忘。從早期的《地》、《黃河之水》到後期的《帝國與臺客》，他不斷思考身份認同的種種選項，而臺灣成為他的論述槓桿最重要的支點。以往部分學者以外省第二代或旅美華人的標籤定義張的身份或作品，殊不知他筆下

的中國人、臺灣人或華裔不斷游走，認同指標因此變化多端。中國也許是揮之不去的原鄉，但這原鄉也可能是弔詭的海市蜃樓，以「他者」形象作為主體思辨一己存在的方法，不論是否定還是肯定。

我在他處曾提及的華語語系的「後三民主義」：後移民，後夷民，後遺民。這當然和當代華語世界空間快速流轉現象息息相關。儘管長居美國，張系國的書寫與對話對象是臺灣，彷彿他並未離開自己的第二故鄉。儘管心懷中國，張的敘事卻總影射那「中國」的失落或可望而不可及。但張只是遺民作家麼？如果遺民總已暗示時空的消逝錯置，正統的替換遞嬗，「後」遺民則更錯置那已然錯置的時空，追思那從來未必端正的正統。這樣的姿態可以是耽溺的，但更不乏其中批判和解脫的契機。張的作品正可以如是觀。

而「後遺民」遇上「原住民」問題更引人思辨。本書第五章介紹新加坡作家謝裕民的中篇《安汶假期》，並以之與前述伊苞的《老鷹，再見》作為對照。小說中的新加坡華人父親與兒子前往印尼馬魯古群島首府安汶尋根，偶然間得知他們原籍安徽鳳陽朱姓。1662年，明亡以後十八年，十世祖欲赴臺灣投靠鄭成功，卻為颶風吹到安汶。直至十九世紀中，偶有粵人闕名來到島上，遇見土著，發現竟是朱氏後人。闕受託攜其子回到中國，即為新加坡青年的曾祖。曾祖日後自中國移民印尼，1960年代又因印尼排華返回中國，卻將一個兒子（即青年的父親）留下隨託付者前

往新加坡。故事高潮，父子兩人在安汶似乎找到家族後人，但他們看來就（像）是土著……。

如果不是那場颶風，《安汶假期》主人翁可能是臺灣人，明代遺民，唐山過客，印尼土著，新加坡公民，還有缺席的「臺灣主體」，儼然就是一則後移／遺／夷民譜系寓言。劉教授又以《老鷹，再見》中的返根故事作為對照，提出「移位、易位、錯位」的觀察。「我們的血統到底要追溯到哪裏？三代前有印尼土著血統，再往前原來還是明朝的貴族。誰知道再往前追溯，會不會不是漢人？」、（謝裕民）「你在家，卻是個陌生人。」（伊苞）當新加坡的謝裕民回望自己家族的移民史，終於寫下一則華變為夷的後移民寓言，而在台灣生活在漢人霸權下的伊苞遙想祖靈，何嘗不是咀嚼另類後遺民的滋味？

本書最後兩章將焦點定位於城市想像空間的營造。並以兩個看似截然不同的案例作為討論起點。花蓮位於臺灣東部山海之間，歷來多為原住民族居住出入的區域。清代閩、客移民漸多，形成聚落，1949之後又有外省族群遷入。這四大族群有如花東海岸下的板塊般起伏互動。花蓮因為開發較遲，交通不便，因此每每為西部平原住民視為落後地區。但所謂「落後」又如何定義？近年臺灣東岸時來運轉，成為臺灣及海外遊客嚮往的景點，消費想像的始原鄉愁所在。花蓮以其「地方」風土成為觀光經濟的資本。早在六十年代初，張愛玲應該是懷著這樣曖昧的心情來到花蓮。當時她已自香港移居美國，但冷戰的世界前景難測，於是有

了重回亞洲投石問路之行。花蓮是張行程裡意外的一站，而她筆下的花蓮——她所謂的「邊城」（frontier city）——也成為她搬演異國情調的場景。但張如此描繪營造的邊城艷異荒涼，又似乎投射了她個人的曖昧心境。花蓮透露了似曾相識，既近且遠的詭秘感（uncanny）。

另一方面，花蓮在地作家筆下的故鄉其實也呈現截然不同的面貌。當年陪同張愛玲訪問花蓮的王禎和曾有不少作品描寫地方人事，嬉笑怒罵，不脫寫實風格。到了八十年代的《玫瑰玫瑰我愛你》，他放手寫六十年代一群花蓮妓女勤學英語，「為國捐軀」，娛樂度假美軍的瘋狂鬧劇。而在陳雨航筆下，也是六十年代的花蓮卻如此歲月靜好，成為臺灣永遠的抒情鄉愁所在。然而對長期徜徉花蓮山水的吳明益而言，新世紀的花蓮屢經人工整治——或複製，已漸失去原來面貌。俱往矣，不論是詭異的花蓮，傖俗的花蓮，還是抒情的花蓮。在經濟誘因的催動下，以往的山風海雨已經被馴化成規矩的觀光景點。何為地方丰采已經是難以聞問的話題。

另一案例是九龍城寨的前世今生。九龍城寨建築始於1847年，原為清廷駐軍所在在，1899年成為英屬香港殖民地的法外地區，一處無政府的城中「圍城」。城寨藏污納垢，一直被視為殖民政府統治下的一大毒瘤。然而當城寨1993年拆除改建為公園後，卻竟然成為「香港不再」的象徵。那驚人的人口密度、櫛次鱗比的屋宇建設、各式非法店家、你死我活的黑社會活動，

有如末世奇觀，不僅投射香港記憶圖景「痛而且快」的刺點（punctum），也提供全球建築、社會、生態研究無數話題。有關九龍城寨的影視甚至電玩電競遊戲層出不窮，在異次元空間裡延續甚至發展了城寨的生命。城寨如幽靈般的存在、拆毀、與復返，無疑是後現代空間絕佳的例子了。

《土地的詩意想像》文本與理論涵蓋廣闊。綜述劉教授的研究方法，我們可以稱之拓撲學（topography）的實驗。最基本的拓撲意指脫離點線面三維座標空間，指向多維度的動態空間。由此產生的疊景聯動的樣式，或以主體自身標記，或以主體與社會脈絡的替代性詞語，隨時空的轉圜不斷挪移變換取代。拓撲學的功能在於偵測每一表意發聲體系的底層範式，及其張弛、隱顯的力度。以此，劉教授將目前學界鄉土或本土研究的格局陡然放開。從南台灣排灣族的聖山回歸到九龍城寨起死回生，從印尼小島的明末遺民到花蓮風月場的露水因緣，無數的空間層層在書中交織，述說一則又一則人間故事。

我們再次回到此書標題——土地的詩意想像——的意涵。從哲學層次而言，大地深邃而豐饒，何能由國族論述，族裔譜系，田野報告，個人記憶、身體經驗所能盡詳？比諸同樣生長在大地之上、之下的萬物，人類僅佔一席之地，曾幾何時，卻號稱為土地的主人。海德格（Martin Heiddger）論「世界」與「大地」的關係，得出「遮蔽」和「無蔽」，「敞開」和「封閉」的辯證循環。如果世界向光天化日敞開，大地則指向「在本質上將自己封

閉在自身中的東西」；「唯有在那些被保護著，並作為一種本質上不可揭示的東西保存下來的地方，大地才能出現。」（《藝術製作的起源》）所謂「詩意」就是折衝在「敞開」與「遮蔽」之間，最重要的生發與結晶。據此，土地詩學的意義即在於捕捉、描寫、想像文字意象、藝術造作、身體行動所投射的靈光，再一次認知土地所深藏的神秘性，言說土地的難以言說性，以及土地面向歷史敞開的多重媒介性。也在這一意義上，土地詩學的論述重新規劃了我們對世界，對空間的有限與無限的認知。

# ▌導言

　　本書從人與地方、空間在時間流動中的交互關係為出發點，探討人與土地連結中所衍生的詩意想像。有關人與地方、空間的關係，上世紀七〇年代以來人文地理學家已進行了深入的探討。然而在全球快速流動下，人群與地方的關係也面臨了重層的考驗，從地方感的形塑至地方的終結，人類科技與生活發展的歷史脈絡似乎與地方日漸失去串聯。其中人的移動，空間與地方認同的轉折，異文化碰撞下的文化根源想像，以及歷史時間如何在其間扮演著微妙的角色，是本書諸篇文章所呈現的千絲萬縷情懷。本書各篇文章以文學的虛構與想像為本，從不同視角切入，關注關於臺灣原住民族的遷徙、移動和土地、族源追尋間的連結，以及華人歷經時空變動下的多重想像與錯綜複雜的移動性身份認同。

　　一、〈幸福空間：從《老鷹，再見》看移動的聖山象徵〉一文原發表於《臺灣文學研究學報》第22期（2016），論文所討論的《老鷹，再見》為臺灣原住民排灣族女作家達德拉凡・伊苞敘述自身參與西藏轉山行之作，文本就書寫表層而言，為一位排灣

女子的西藏旅行記敘，但在其描述中隱喻著以個人為出發點，連結著部落消亡的惘惘威脅。有論者以為該作呈現以邊緣對抗中心的書寫模式，也有以為伊苞在諸多原住民作家紛紛返回部落時，卻別具用心的選擇以「出走」姿態書寫原鄉。然而以邊緣作為抗爭的逆寫方式不乏前例，此作亦非刻意以離散情境架構的尋根之作。因此，更值得關注之處在於，如何從象徵性空間的生成背景，討論陌生的藏族聖山召喚排灣族部落記憶與傳統，及作家在移動過程中如何產生一種移動的想像認同。又文本如何體現文化在空間移動的撞擊中，產生了異文化影響下的「返根召喚」作用。

西藏和青山部落兩個距離遙遠的空間，對伊苞而言，是一個滿佈異文化色彩的「陌生空間」，加上一個已然「陌生化」的空間。兩者卻在記憶與現實的轉換中疊合為一，且不時召喚了潛藏於心靈深處的排灣記憶。伊苞從無畏就死的朝聖藏人身上，領悟了一種追求幸福空間的執著，因而「陌生的空間」產生了回應「地方情感」的能量。轉山者無悔的身影與信念，正如排灣耆老因堅持而凝聚了承繼祖靈殷殷告誡的傳統，始終維持著一種善的能量。來到西藏轉山的伊苞，在神山的莊嚴肅穆與朝聖者以生命奔向幸福空間的同時，形成一種移動的「象徵空間」認同。於是，再次審視自我生命與部落的「死亡意識」時，遙遠的故鄉部落因之得以跨越時空，引領族人再次回到大武山祖靈的懷抱。

二、〈日治時期臺灣賽德克亞族祖源敘事中的根莖流轉脈絡〉原發表於《成大中文學報》第60期（2018），本文以日治時期日本人類學家調查的賽德克亞族祖源敘事為主要研究對象，探討其中的根莖流轉狀態及祖源敘事所標誌的「根」的位置在時空流轉下，「根的想像」的意義。論文目的不在於進行族群全面遷徙面相的討論，而是藉由日本人類學家的調查報告，探討祖源敘事所衍生的意義可能及其影響。

《蕃族調查報告書》與《臺灣原住民族系統所屬之研究》雖有不足之處，但一如臺灣原住民學者所言，日本人類學家的調查並不完全是對臺灣原住民外部知識的建構而已，更是族群內部記憶的保存和傳遞問題，對爾後臺灣原住民族之研究影響甚深。因此論文以二書的口碑傳說為主，考察賽德克亞族祖源敘事的面貌及其意義。兩位日本人類學家的調查僅相距約十四年，但族群在不同原因的遷徙脈絡與族群互動的過程中，祖源故地也可能有外來分子遷入而遭到在地族人的同化，離散的族人在時間與空間的流動下，發展出文化的混雜性。在遷徙與流動的情況下不得不的「彈性」認同，也形成一種根莖自行其是的順勢而為。

三、〈歷史的詩意想像——記斯卡羅遺事〉原發表於《揚子江評論》2014年第一期，2020年2月修訂。本文以臺灣原住民作家巴代的小說《斯卡羅人》為討論對象，小說以臺灣原住民之一支的卑南族知本石生系統卡日卡蘭部落，於1633年因飆馬社拒繳貢品事件引發戰爭失敗，導致部份氏族南遷的歷史事件為主要

敘述脈絡。作者巴代以日本人類學家移川子之藏等1935年於知本部落的調查資料，宋龍生《臺灣原住民史‧卑南族史篇》及曾建次神父的《祖靈的腳步》等書中記載的相關事件作為小說創作的基礎，經由文化背景的審慎考據，試圖為無文字足以記錄過往史事的民族達到以小說輔助族群歷史文化教育的可能性。這類以文寫史的文本，經過「嚴謹的田野比對」和「真誠的情感淨化」，所傳達的事實上是一種「詩比歷史更真實」的文學文本價值。

有關歷史真實性的辯證在後現代歷史主義的主張中已提出了詩意想像的可能視角，海登‧懷特的「元史學」觀點說明了歷史是語詞建構起來的文本，因而歷史文本富含著史家詩性的想像在內。如此說來，則巴代試圖以部落口述史為小說架構基礎的「小說化」史觀，要將其置放於何種位置，是值得思索的問題，本文即在這樣的思考理路下展開。就詹姆斯‧克里弗德的銜接理論而言，「本真性（authenticity）的問題只屬次要，因為社會和文化持續的過程從最早期起就是帶有政治性質的。銜接理論認定文化形式總是不斷被造出（be made）、打破（unmade）和再造（remade）。社群有能力透過有選擇性地記取過去，也必然會重構自己。」《斯卡羅人》以口傳部落史為本，以小說形式企圖展現部落歷史，但在創作者以文人之筆進行創作時，作家的立場與想像自當成為必須考慮的問題；小說所依據的口述歷史文獻也是講述者在個人詩意想像與詮釋下形成的一種文本。

四、〈空間移動下的想像與認同——張系國小說中「地方」意義的形塑與轉折〉原發表於《現代中文學刊》2015年第3期，2020年9月修訂。論文從空間移動與認同間的微妙轉折討論張系國小說中地方意義之生成。張系國在懵懂之年因大陸易色隨父親移居臺灣，成為外省第二代遷徙者。此行是他的第一次空間移動。國民政府遷臺後的臺灣社會聚合了不同的國民典型，有自視異鄉人以臺灣為歇腳盦者，常懷故國之憂，眼眸始終回望大陸故土的離散者；有或出生或成長於臺灣的外省第二代，他們經由不同管道，隱約連結了「根」在大陸的想像，自己無法真實體會離鄉情愁，卻又無法坐視，因此選擇自我放逐至另一個異鄉的「擬漂泊者」；第三類型則是較早在臺灣落地生根的「本地人」。張系國為成長於臺灣的外省第二代，但卻始終以臺灣為家鄉。卻又因為生命歷程無可奈何的變化，造就了他去國離鄉的際遇。就過程而言，無法將他歸屬於自我放逐至異鄉的一群，因此他的身分也就尷尬起來，前述三種國民典型似乎無法周延的涵蓋他的景況。

張系國的第二次空間移動是1966年前往加州柏克萊分校就讀，1972年他曾經回臺灣中央研究院任職，後因臺大哲學系陳鼓應和王曉波事件受牽連，再度離臺赴美，從此捨棄回臺念頭。綜觀他與「移動所在」產生較長久連結的空間移動大約可分成兩個階段，第一階段是1949年政治動盪下的被動式遷徙至臺灣；第二階段是1973年在半被動式下二度離開臺灣前往美國。兩次移動路

徑跨越大陸、臺灣及美國三個不同空間。就張系國的創作時間與位置而言，大陸是張系國已然錯過的空間，他的大陸經驗停留在五歲之前。這樣的空間與經驗對他而言究竟是怎樣的存在？曾經在心理上與實踐上呈現反差的臺灣，又如何在小說敘事中屹立不搖？去國他鄉的大半美國歲月，卻始終情繫臺灣，美國是否曾經成為他複製家園的想像「地方」？

張系國正是在此種歸屬感下，選擇以寫作追尋心目中的原鄉——那個無可替代的臺灣。他在2008年出版的雜文集《帝國與台客》中以「臺客」自許，臺客「可能是臺灣的本省人，也可能是臺灣的外省人或外省第二代，又可能是生長在臺灣卻在外地或中國大陸旅居的人。」在此種理解與詮釋下，「臺客」呈現了一種文化混雜與融合的包容性新意。從大唐英雄到臺客，華人的世界舞臺因而有了連繫，最終在以「臺客」呈現文化混雜與包容性新意下，臺灣始終如影隨形。

五、〈「異」鄉「原」位——〈安汶假期〉、《老鷹，再見》中移位、易位與錯位的鄉愁〉原發表於《清華中文學報》第二十四期（2020）。〈安汶假期〉與《老鷹，再見》分別為新加坡作家謝裕民與臺灣排灣族女作家伊苞的創作，〈安汶假期〉以兩條跨時空脈絡敘述了一個家族的複雜遷徙史，描寫一對定居於新加坡父子的尋根旅程。此家族的十世祖在朝代更迭之際渡海欲投奔鄭成功，不料一場風暴改變了整個家族混血、根的轉移與尋根的複雜歷程。

《老鷹，再見》則為排灣族女作家伊苞敘述自身參與西藏轉山行之作，在這趟前往異文化的旅程中，作家卻不期然的衍生了一種移位／易位／錯位的鄉愁與回歸。兩部作品皆涉及了個體在時空流轉中的身分認同意識探討，無論是華人移民的流動或原住民族在各種不同歷史社會變動情境的移動，流動的主體在歷時甚長的轉易／轉裔過程下，原鄉何在？成為小自個人大至族群的大哉問！近年或有論者從移民世代轉裔的視角提出「離散有其終時」，然而自古以來空間與身分認同間的矛盾與複雜早已存在，身分的形成並非單一的，而是一連串空間置位過程的指認，既是對既有空間的接受也是關於象徵空間的創造。象徵空間的創造或指認往往在人的流動中形成一種「殘留的」觸媒，引發看似流逝的「原位」想像與落實。因此，本文擇取關於兩類不同流動主體的敘事文本，藉此探討依附於現實依據的空間意象如何化為歷史現場，對於轉易／轉裔主體所產生的作用。

六、〈從地方到無地方性——「邊城」敘事中的人與時空〉為新近完成之作，論文討論東部花蓮在時間與空間流轉中的變動，其中時間成為重要的觀察點。從歷史視角看來，花蓮因為地理環境因素長時間處於「邊緣」，在歷史敘事中落入一種隱身狀態，與臺灣西部二、三百年來的發展頗有落差，文學亦然。花蓮除早期居於此地的原住民族，多數居民在不同歷史時間來到此地，雖然移居原因各不相同，時日久遠，落地生根，已成為這片土地的主人之一。這些移民從家族或個人的新來乍到，至一腳踩

進花東的「黏」土而無法自拔，與這片土地相聯結的作家在定居意識的認同下，如何書寫眼下的「我城」？外來視角下的「邊城」，又如何在文字中浮現其背後的種種歷史身世？不同的視角說明也詮釋了土地與人之間的微妙關係。

論文從不同作家視角探討在時空流轉過程中，文學書寫如何呈現「地方」的生成與消亡。六〇年代張愛玲闖入的東部，涵蓋著不同層次的「邊緣性」，張愛玲終究在自身初見東部原住民族的獵奇式描寫，以及自身成為溝仔尾妓女及酒客眼中的「他者」中，坐實了「局外人」的位置。在地人陳雨航的小鎮則「封印」在純樸的六〇年代，小鎮呈現作家多年後對故鄉揮之不去的青春，同時也架構了一個相對於西部而言的想像烏托邦。陳雨航時移事往的原鄉想像，無法讓時間暫停。新世紀的小鎮，張愛玲與王禎和筆下的溝仔尾，在花蓮文化美學計畫下換裝為（巴黎）香榭大道的地方形象工程；「局外人」吳明益筆下的美崙溪已然成為「現代的城市溪流」，花蓮觀光業發展下試圖塑造的地方獨特性，換來的也只是一種虛假的地方感。

七、〈從圍城到失城——九龍城寨的前世今生〉一文為近期完成之作。九龍城寨在歷史上有著複雜的身世，曾經是「香港政府不敢管、英國政府不想管、中國政府不能管」的三不管地區，1993年九龍城寨走入歷史後，這一座充滿魅力的貧民窟，除了攝影集的復刻外，它奇特的末世隱喻與未來世幻想重新活躍在文學、影視、動漫、遊戲中，甚至傳之海外。也斯針對城寨的拆

遷如此敘述：「巨大的鐵鎚敲碎了牆壁。九龍城寨遷拆了。重新思考這個空間，不是為了懷舊，是為了更好地思考我們生活其中的空間吧！」城寨消失之後的復刻、重生或可視為香港人針對空間隱喻的某種移情作用，九龍城寨對不同世代的香港人而言，失憶、記憶、回憶間的千絲萬縷，對於重新思索「香港」的所在究竟有何種意涵？

九龍城寨曾經是一座「遺忘之城」，儘管寨內充滿底層人們的韌性與活力，櫛比鱗次的擁擠屋舍，不分日夜的暗城市，多少人在其中努力生活。與英國殖民地的香港人民僅牆裡牆外之隔，但這座城市似乎被世界遺忘了。它也曾經是一座「記憶之城」，這番記憶必須對號入座，不曾生活其中的人無法領悟這份記憶。林蔭小說《九龍城寨煙雲》中離開二十七年的韋天，城寨是他一生之所繫，親人的溫情、苦澀的戀情，又或者少年摯友背叛之痛，都是這座城市讓他有所歸屬的回憶。失去城寨，回憶無從安放，就像潘國靈小說〈遊園驚夢〉中的父親，城寨遺跡來到新建的城寨公園，勾起的是城寨頹毀心碎的回憶，硬生生將他打成了一個置之度外的「觀光客」。

城寨的末世感、冒險感搭上了後人類社會的列車，過去對它不屑一顧的香港，在城寨狂飆的「黑品牌」上找到了自己未來的身影，對於香港正在消失的某些東西，恰可以藉由重新想像已經不存在的城寨，從中挖掘（事實上是一種發明）足以指認其為香港社會的文化元素，找回遺落駛向1997列車軌道上的香港本然所

屬物，儘管那也許只是一種虛構。香港在實體九龍城寨消失後一反過去的視而不見，以此建構香港的文化符號，對於失城之後霸氣回歸的賽博龐克之城，香港人與許心嚮往之。

# 目次 contents

# 壹、
# 幸福空間：從《老鷹，再見》
# 看移動的聖山象徵

## 一、前言

　　《老鷹，再見》為臺灣原住民排灣族女作家達德拉凡・伊苞（1967～）敘述自身參與西藏轉山行之作，文本就書寫表層而言，為一位排灣女子的西藏旅行記敘，但在其描述中不時切換著西藏轉山之行與故鄉青山部落的記憶游移。且鋪陳著一種強烈的「死亡敘事」，此種以個人為出發點面對死亡的敘事，彷彿隱喻著部落消亡的惘惘威脅。或有研究者以為該書可視為臺灣原住民文學的轉折之作，並試圖藉由此作「初步跨越過去僅限於以邊緣性作為抗爭的逆寫（writes back）過程，增添其他開放且多元化的『框架』擴展至各種領域的相關思考。」[1]《老鷹，再見》出

---

[1]　徐國明，〈一種餵養記憶的方式─析論達德拉瓦・伊苞書寫中的空間隱喻與靈性傳統〉，《台灣文學研究學報》4（2007.04），頁168。有關伊苞相關研究尚可

版於2004年，內容的確跨越了1980年代原住民意識與各種社會運動勃興時期，以邊緣對抗中心的書寫模式呈現。然而伊苞並非以文學建構「返根」[2]書寫的第一人，1990年代部分原住民作家已跳脫後殖民書寫情境，以文學作為重返部落之途徑。[3]且根據伊苞自述，青山部落記憶湧現於西藏行旅中，是自己未曾預知的。

> 我要去西藏前，我沒有想過要寫成一本書，也沒想過路途上部落家鄉的回憶會湧現。前往西藏的路途上，環境相當惡劣，一下子太陽很好，等一下風一吹、下雨又變了，過沒多久太陽又出現。除了墨鏡之外的皮膚，我想都因為紫外線的關係受傷了。還有高山症，讓我的動作都很慢，讓我開始思考，很多東西就會跑進腦袋中。一個人面對自己的呼吸，不是很順暢而有困難時，很原始的東西就會浮現，當我一坐下來，家鄉的回憶馬上出現。說也奇怪，看

---

參見董恕明，〈在混沌與清明之間的追尋－以達德拉凡・伊苞《老鷹，再見》為例〉，《文學新鑰》8（2008.12），頁129-161；楊翠〈兩種回家的方法－論伊苞《老鷹，再見》與唯色《絳紅色的地圖》中的離／返敘事〉，《民族學界》35（2015.04），頁35-95；紀心怡〈出走是為了返家：論《老鷹，再見》中旅行書寫的意涵〉，《文學臺灣》63（2007.07）等。

[2] 范銘如提到：「一九九〇年代原民運動從社運轉向文學建構以後，原民身分的想像與傳統的部落文明與自然景觀更有一種返根式的投射。」范銘如，《空間／文本／政治》（臺北：聯經出版社，2015），頁80。

[3] 1990年代以降，如布農族霍斯陸曼・伐伐，《玉山的生命精靈》（1997）、《那年我們祭拜祖靈》（1997）；泰雅族里慕伊・阿紀，《山野笛聲》（2001）；排灣族亞榮隆・撒可努，《走風的人》（2002）、《山豬・飛鼠・撒可努》（2003）等皆呈現著一種返根書寫的意圖。

到行腳的藏人，就好像看到自己的族人一樣，看到小孩子
好像我小時候，所有的家鄉回憶，就像情節，又從我眼前
走過一遍。[4]

　　從這段自述可知，伊苞記憶中那個還保留著傳統的部落，明
明白白的萌生於「看似熟悉」的異地空間─西藏，非緣於「刻意
追尋」。因此，關於論者以為「當原住民作家們紛紛返回部落，
伊苞卻選擇『出走』的姿態，書寫原鄉。」[5]的說法則有了再討
論的空間。《老鷹，再見》值得注意之處在於，更強調文化如何
在空間移動的撞擊中，產生了一種異文化影響下的「返根召喚」
作用。此處以「返根」而非以「尋根」論之，在於「返根」似乎
可以更權宜性的指稱這樣一種毫無預期式的返歸，就在轉山行過
程，兒時記憶中的部落原鄉，跨越遙遠的時空，或虛或實的不
「尋」「自來」。

　　「山」在藏族觀念中為神聖性之存在，族人神山信仰表現
於多方面，「轉山」即為其一，尤以岡仁布欽、阿尼瑪卿山為全
民性之大神山。逢大神山祭祀日，藏區信徒不遠千里而至，抱持
「能圍繞神山一轉，可洗盡一生罪孽；轉十轉，可在五百世輪迴

---

4　達德拉凡‧伊苞講述，陳芷凡、林宜妙訪問，「台灣原住民族數位典藏資料庫」
　　http://portal.tacp.gov.tw/onthisdate_archive_detail/1071，檢索日期：
　　2009.03.26。
5　陳芷凡，〈說故事的人：《老鷹，再見》的文化詩學與文化翻譯〉，「第二屆
　　『文學、邊境、界線』國際研討會」論文（交通大學客家文化學院人文學系主
　　辦，2008.03）。

中避免下地獄之苦；轉百轉，便可成佛升極樂世界」[6]觀念而不
辭辛勞。達德拉凡‧伊苞之所以如同藏民般「不遠千里且不辭辛
勞」朝聖岡仁布欽，一開始如其所言，緣於書上記載的岡仁布欽
神話與遙播至臺灣的轉山傳說。伊苞的轉山行始於神話傳說的誘
發，然而始料未及的是，青山部落記憶卻於旅程中看似無緣由的
跨越文化與時空疊合了西藏神山。事實上，西藏現實空間與遙遠
虛幻的排灣傳統空間的疊合並非毫無緣由，潛藏其中的象徵性意
味，或可作為探索的依據。

　　臺灣原住民排灣族以大武山為聖山，族群命名即與其族人認
為祖先發源於大武山的Payun有關。[7]因此，大武山對於傳統排灣
族人而言，地位如同各族群心目中的聖山意義。1967年出生的伊
苞曾就學於玉山神學院，期間對族群文化傳承衍生了興趣，1992
年因憂心部落文化傳統消逝，短暫返回部落從事母語教學。1993
年於中研院擔任助理，從事部落田野調查，因之熟稔部落神話傳
說，與巫師、耆老深入對話，對排灣文化有著深入的瞭解。雖然
相較於其他離開部落的族人，伊苞的部落意識明確而深刻烙印內
心，然而在耆老眼中她仍然是一個遠離祖靈的族人。因此，西藏
和青山部落兩個距離遙遠的空間對她而言，事實上是一個滿佈異
文化色彩的「陌生空間」，加上一個已然「陌生化」的空間。

---

6　鄭金德，《大西藏文化巡禮》（臺北：雲龍出版社，2003），頁232。
7　童春發，《臺灣原住民史：排灣族史篇》（南投：臺灣省文獻委員會，2001），
　　頁7。

列斐伏爾（Henri Lefebvre，1901～1991）對於空間有比較精密的解釋，他區分了抽象的空間（絕對空間），以及生活和有意義的空間（社會空間）[8]Tim Cresswell（1965～）認為社會空間的概念接近於「地方」，是使世界變得有意義，以及經驗世界的方式。[9]西藏和青山部落雖然在伊苞以不同方式靠近的過程中，比較類近於列斐伏爾定義下的社會空間，但兩個空間對於伊苞的意義並不相同。西藏神山崇拜自有其背後與佛教相關的文化、信仰因素，[10]對已接受西方宗教的伊苞而言，[11]初始緣於陌生族群與文化隔閡的疏離是可想見的；青山部落的陌生化則來自於現代性與文明化介入和族人的遠離。兩者卻在作者記憶與現實的轉換中疊合，不時召喚了潛藏於心靈深處——被認為已然失去的排灣記憶。

　　本文試圖從象徵性空間的生成背景，討論陌生的藏族聖山因

---

[8] Lefebvre H. *The Production of Space,* Oxford: Blackwell, 1991。轉引自Tim Cresswell著、王志弘、徐苔玲譯，《地方：記憶、想像與認同》（臺北：群學出版公司，2006），頁22。

[9] 同前註，頁22-23。

[10] 崗底斯山主峰岡仁布欽為西藏神山之王，歷史上曾有不少中外佛教高僧在此進修講經，因而有了濃厚的神祕宗教色彩。根據《崗底斯山海志》記載，岡仁布欽山頂有勝樂輪宮，宮下有五百羅漢。傳說朝拜崗底斯山者，若有福氣可聽到檀木敲擊聲。岡仁布欽為佛教大師米拉熱巴與苯教領袖納若奔瓊鬥法並戰勝納若奔瓊的神話傳說所在地，因此成為佛教聖地之一。赤烈曲扎，《西藏風土志》（拉薩：西藏人民出版社，1982），頁125-129。

[11] 1946年基督教牧師許有才任春日鄉士文小學校長，利用閒暇時間向當地居民傳教，為排灣族第一批基督徒和教會團體。童春發，《臺灣原住民史：排灣族史篇》，頁165。伊苞曾就讀於神學院，畢業後於基督教長老會總會工作，從事兒童主日學教材編輯工作。

何能召喚排灣族部落記憶與傳統，及作家在移動過程中如何產生
一種移動的認同？

## 二、移動／神山之「聖性」象徵

　　中國遠古時代已發展出山岳崇拜，崇山峻嶺與「神之居處」
往往相互黏合，神山之名於是口耳相傳於民。顧頡剛考察中國古
代神山神話，歸納出兩大神山系統，一為昆侖神話系統，一為蓬
萊神話系統。但漢魏以降因於神仙道教思想的發達，神山的指涉
已經超越昆侖與蓬萊系統，也可指現實世界中的山岳。[12]劉惠萍
在〈從實際地理到神話想像空間的「昆侖」〉一文中，結合傳世
文獻與出土圖像材料中關於「昆侖」的記載及形象，認為「古來
言昆侖者，紛如聚訟」之因，緣於不同時期不同的概念及空間使
然。在仔細梳理《禹貢》、《竹書紀年》、《穆天子傳》及《山
海經》等早期相關文獻記載後，提出「昆侖」在早期中國人的心
目中，應是「實際地理」概念與空間。然而從許多漢代畫像中各
種被稱為「昆侖山」的山岳形象得知，大約從戰國晚期開始，尤
其漢代以後，「昆侖」日漸染上神仙思想色彩，漸漸由「實際地

---

[12] 顧頡剛，〈莊子和楚辭中崑崙和蓬萊兩個神話系統的融合〉，《顧頡剛民俗學論
　　集》（上海：上海文藝出版社，1998），頁41；李豐楙，〈神仙三品說的原始
　　及其演變──以六朝道教為中心的考察〉，《誤入與謫降：六朝隋唐道教文學論
　　叢》（臺北：臺灣學生書局，1996），頁33-92。

理」轉化為「想像神山」、「地中」等象徵空間。[13]該文考諸傳世文獻及出土圖像，發現在神仙思想的影響下，「昆侖」已衍變成一種象徵空間。誠然歷來對於昆侖所在位置，眾說紛紜，或虛或實，陳述不一，但漢魏以後，昆侖已然轉化為神山的象徵性空間。具體地理空間既然已被想像象徵化，神山的指涉自然就能移動至各域名山，成為一種族群或地域的象徵性認同存在。

作為文化之山的昆侖山，與其相關的神靈信仰與傳統習俗紛呈，而昆侖之所以自古為黃帝或華夏祖先所崇拜，或與其高聳蒼莽的地勢有關。高山最近天界，易於想像為天帝和群神在下界的行宮，也是天神下降、魂魄登天的必經之處。[14]藏族神山除具此共性外，神山崇拜更富含著典型的文化與宗教現象，神山為部落保護神之所在，也經常伴隨著優美的神話傳說。神山綿延天際、主宰一切，對人類能施加恩威，因此藏族神山同時連結著各種禁忌、祭祀和朝拜。[15]論者述及藏族神山與昆侖山的比較即指出，二者社會環境雖然相異，但仍有其相似處：

> 其一，昆侖山與藏族神山都為天帝神靈聚居之所，地上部
> 落首領（昆侖山是黃帝，藏族神山為贊普）的棲身之地。

---

[13] 劉惠萍，〈從實際地理到神話想像空間的「昆侖」〉，趙宗福主編，《昆侖神話的現實精神與探險之路》（西寧：青海人民出版社，2013），頁36-52。

[14] 林繼富，〈崑崙文化與藏族文化關係研究〉，《青海社會科學》5（2010.09），頁15。

[15] 鄭金德，《大西藏文化巡禮》，頁237-238。

其二，昆侖山與藏族神山皆為神靈通天下地的梯子。其三，昆侖山與藏族神山均為該地宗教、民俗的集散地。[16]

　　由此觀之，二者相似之處即為構成神山的基礎條件，也是兩地得以產生「關聯」的重要緣由。

　　「山」是大部分臺灣原住民族的重要活動場域，排灣族以山為族人的家鄉，是族人活動的舞臺，因此排灣社會文化中「山」為與族人綿密相繫的重要空間。與排灣族活動圈相關的重要山脈即有四群，形成四個排灣族活動圈。第一活動圈以霧頭山和大母母山為主；第二活動圈以大武山為中心；第三活動圈以大力里山、衣丁和荖仁山為主；第四活動圈為大漢山、北湖呂山和馬力巴山。[17]其中又以大武山為排灣族「尋祖追源」的祖靈所在之處。

　　大武山稱Kavulungan，排灣語「Ka」表示起初，發掘的，原始的狀態，[18]意指眾山之母，和藏族神山同具「始源」之意。因此，當和伊苞同行的藏族醫生解釋神山附近的山皆有名字時，故鄉的神山忽焉而至：「我的家鄉有一座大武山，我們稱大武山叫Kavulungan。」「大姆指的排灣話也叫Kavulungan，意思是山中之山，眾山之母。同時大武山也是創造神的所在地。」[19]藏族神

---

[16] 同註15。

[17] 童春發，《臺灣原住民史：排灣族史篇》，頁29-35。

[18] 同前註，頁30。

[19] 伊苞，《老鷹，再見》（臺北：大塊文化出版社，2004），頁126-127。

山和大武山共有的「神性」，使二者產生了穿越空間的連結。於是，立於瑪旁雍錯湖邊的拉醫生，動作和神情有如青山部落的耆老，令青山部落如海市蜃樓般無聲無息憑空到來，影像交疊的醫生和部落耆老，座落於瑪旁雍錯湖邊，卻絲毫無違和之感。

遠離故鄉的伊苞，心中被掩埋的原始遂如此這般的肇發於兩地神山與異文化交疊的遙遠異鄉：

> 季節雨紛然飄落，隔著玻璃，我聽不見雨聲，萬籟寂靜，是什麼觸動了生命深處已然崩塌、被掩埋的原始。透過無聲雨，彷如一片片石板，層層堆疊的記憶、重回歷史現場。父母的吟唱、巫師的禱詞，伴隨著山上的景物、踩在土地上的雙腳、割傷的小腿，從遙遠的故鄉呼喚著異國遊子的靈魂。[20]

以是，山景伴隨著父母、巫師的吟唱及禱詞，成為召喚心靈的原點。

排灣族生活場域的眾山之母大武山匯聚著排灣族的生命故事、文化、社會制度及信仰。主峰Tjagaraus，就是「天」，是創造者所在地。大武山是天、地和人相通的通道，也是排灣族故事和傳說的源流處。[21]傳說大武山的創造神是以歌唱的方式創造排

---

20 同前註，頁12。
21 童春發，《臺灣原住民史：排灣族史篇》，頁30。

灣族人；巫師的力量也仿如來自大武山的神靈，他們總是這樣吟唱著：「大武山的神靈，居住在聚落札拉阿地阿的祖靈，來自遠古的家族長老、智者……」[22]。因此，當伊苞來到岡仁布欽東南方的瑪旁雍措湖，聽聞聖湖傳說便想起了手指、手背文著人形紋的部落巫師。[23]從前述可知，大武山和藏族神山及昆侖山一樣皆具有「始源、通天下地、民俗信仰的依附」等「聖」性，此聖性因而形塑了各族祖源想像的「象徵空間」。從山、藏族神山到排灣族大武山所具有的「象徵空間」特性看來，其共同的「聖」性特徵是神山認同得以轉移，並且成為不同族群間返根想像挪移的重要元素。

然而，「聖性」之所以能產生作用，不僅僅在於氣勢雄偉的聖山形象，還在於因「始源、通天下地、民俗信仰的依附」等聖性所衍生的精神上、心靈上的引領作用。北大武山標高3090公尺，遠不及5700多公尺的卓瑪拉山，但當西藏神山出現時，其背後的莊嚴之氣連結了兩地神山的象徵空間，召喚了伊苞的部落記憶：「神山峰頂覆蓋皚皚白雪，如族中長老般沉穩，陽光下壯麗而蕭穆，在群山之中以遺世獨立之尊，與聖湖遙遙相望。」[24]神山對應著族中長老，莊嚴穩重為其共同特徵。這也是伊苞之所以能身處西藏神山，意識卻流動返回部落叩問那曾經「被歌頌的空

---

[22] 伊苞，《老鷹，再見》，頁74。
[23] 一個有關瑪旁雍措繞湖習俗的美麗傳說。伊苞，《老鷹，再見》，頁70-71。
[24] 伊苞，《老鷹，再見》，頁83。

間」失落及變貌的緣由。徐國明討論伊苞西藏旅行書寫時提到：

> 雖然，部落原鄉在伊苞的心中，早已是快被遺忘的故事，
> 卻在一趟以就死的決心來面對的西藏轉山旅程，恍惚間
> 竟踏上返「家」的記憶路途，陌生的西藏其實是最為熟
> 悉的原鄉，自我不斷地與被壓抑的各種記憶與罪咎對
> 話……。[25]

　　徐論及一場心靈的放逐、出走與回歸的拉扯時，認為「這種
經由外在的刺激轉化為內在記憶的過程，使『記憶』拉出了兩種
向度——既是空間，亦是時間」，並因而產生在特定時間中，西
藏的空間召喚出另一個空間青山部落。[26]上文所探討者為伊苞在
旅程中，自我如何與一種潛藏於內心被壓抑的記憶對話，外在景
觀可能因而挖掘了內心深處的記憶。然而遺失已久的排灣故事，
在一個陌生場域經由意識的流動，不斷重述／重組記憶。此種召
喚雖然與外顯之景的刺激轉化或有關聯，但事實上，此外在刺激
並非僅僅源自視覺之景。西藏神山與大武山的文化習俗相異，之
所以能刺激內在的記憶，並且產生召喚作用，還在於神山的「聖
性象徵」。

---

[25] 徐國明，〈一種餵養記憶的方式—析論達德拉瓦‧伊苞書寫中的空間隱喻與靈性
傳統〉，頁170。
[26] 同前註。

大武山是創造神的居所：「居住在大武山的創造神，坐在綠葉蓊鬱的榕樹下看著山下的人民」[27]；大武山也是祖靈所在的地方：「我們老人家知道自己的方向，我們死後一定會回到大武山祖靈所在地。」[28]大武山創造神與祖靈眷顧的子民也是神話餵養的子民，伊苞自陳會來到西藏是因為神話的關係：「我在神話中長大，我一直相信著，神話是人類最原始的智慧」[29]。大武山和西藏神山皆為具聖性之象徵空間，因而西藏神山對異族群的伊苞而言，理論上雖是一個陌生空間，但因彼此具備的共同聖性條件，促使她在「熟悉化」陌生感的過程中，產生了移動的認同，並且召喚深鎖於內心底層、遺忘許久的青山部落記憶。此種在「陌生」（西藏）與「陌生化」（青山部落）不斷轉換的情境下，神山的「聖性」或可視為一種觸媒，明亮化了原本「視而不見」或「壓入內心底層」的排灣傳統。伊苞在「陌生」空間的創新經驗，恰恰成為再次認識已然「陌生化」青山部落的契機，成就了心靈返歸的可能性。

---

[27] 伊苞，《老鷹，再見》，頁78。
[28] 同前註，頁18。
[29] 同前註，頁153-54。我家鄉的河流，大大小小都有名字，撒渡姑居住在河流的源頭，她是織布女神。撒拉法恩是照管人類出生的神，她唱歌造人，以及居住在撒渡姑下游的山裡，圍繞部落的山各有神靈居住，撒慕阿該、媽渡姑渡姑，居住在森林的神靈，充滿各種神話傳說。《老鷹，再見》，頁54。

## 三、死亡／再尋幸福空間

在朝聖者的眼中，神山就是現實世界的天堂，是一種幸福空間，也是被歌頌的空間。加斯東・巴舍拉（Gaston Bachelard，1884～1962）論及幸福空間時認為：

> 這種空間稱得上具有正面的庇護價值，除此之外，還有很多附加的想像價值，而這些想像價值很快就成了主要的價值。被想像力所擄獲的空間，不再可能跟測度評量、幾何學反思下的無謂空間混為一談。它有生活經歷，它的經歷不是實證方面的，而是帶著想像力的偏見的，特別是這種空間幾乎都散發著一股吸引力。它蘊集了它所庇護範圍的內在的存有。[30]

加斯東・巴舍拉認為幸福空間不能與幾何學反思下的無謂空間混為一談，這樣的幸福空間雖然有些許附加想像的價值，但如前述列斐伏爾所說，其實是一種「地方」化的空間。幸福空間具有正面的庇護價值，排灣族的大武山對族人而言曾經是幸福空間。部落的巫師說著：「圍繞著部落的山，都有神靈的守護」，

---

[30] 加斯東・巴舍拉（Gaston Bachelard），龔卓軍譯，《空間詩學》（臺北：張老師文化事業公司，2003），頁55。

這樣的空間在傳統社會向人們散發著吸引力。「神話與真實相對比，在缺乏精確的知識情況下孕育出神話。因此，過去世界的人相信『幸福島、世界樂園、西北通道、南極光大陸』的存在。」[31]過去人們所以相信這樣的幸福空間，是聚合了神話思維下的多重複雜想像，附著集體認同的文化意識。排灣族部落也流傳著古代的樂園時代傳說，內容大要如下：

> 過去一粒小米就可以煮一鍋飯。當時鹿和山豬呼之即來，取一根毛即能飽腹數人，人們不需辛苦農耕或狩獵。但有一個蠢人殺了占卜鳥觸怒神靈，後來不耕種就無法得到足夠的小米，不狩獵就得不到獸肉食用。[32]

　　樂園傳說承載著遠古人們對幸福空間的想像與追尋。無論樂園想像或失樂園，都是人們用以解釋追尋以及尋之不得的現實景況。雖然想像中無須農耕及狩獵的樂園早已不存在，但從伊苞筆下的巫師與耆老的口述中可知，相對於文明社會侵入後的部落而言，尚未受文明浸染的排灣族部落曾經也可以「算是」一種「幸福空間」，這樣的地方卻早已遺落在時空流轉的軌跡中。

---

[31] 段義孚（Yi-Fu Tuan）著、潘桂成譯，《經驗透視中的空間和地方》（臺北：國立編譯館，1998），頁79。

[32] 中央研究院民族學研究所編譯，《番族慣習調查報告書》（第五卷）（臺北：中央研究院民族學研究所，2003），頁124。另有不同說法，說是貪心的人嫌取毛變獸肉麻煩，直接割取獸肉，以致日後野獸不來。

臺灣六〇年代的部落是充滿快樂的山林生活，人與大自然
共為一體。隨著莫名的巨大力量湧入，部落不自主地受著
影響，生命中原本最初的東西也漸漸褪色消散。[33]

……

七〇年代部落的生活充滿變化與哀傷。有時候覺得部落的
命運必然衰亡，造物主決定如此，生命如此，萬物亦復
如此。[34]

　　此處以時間為界，所凸顯的主要與現代化文明的介入部落有
關。蜿蜒的公路開進部落，原鄉地景快速陌生化，地景本身反映
的是某個社會、文化的信仰和實踐。地景就像文化一樣，反映出
這些元素的匯集。[35]然而集體意識塑造的地景一旦產生變貌，文
化信仰的信念可能因此產生了鬆動。

　　臺灣七〇年代起，社會經濟快速發展，原住民傳統社會結構
隨之崩潰，文化規範受劇烈震盪。許多原住民青年湧入都市，落
入物質主義的價值觀。[36]族人離開部落往平地工作，貨幣帶來了
物質生活的變化，也生產了新的價值觀。人因欲望而逐步遠離幸

---

[33] 伊苞，《老鷹，再見》，頁16。
[34] 同前註，頁19。
[35] Mike Crang著，王志弘、余佳玲、方淑惠譯，《文化地理學》（臺北：巨流出版社，2008），頁18
[36] 童春發，《臺灣原住民史：排灣族史篇》，頁175。

福空間，對族內耆老而言，離別其實就是死亡的一種面孔。這樣的思維背後有著深沉的失落感，在此「遺忘」與「死去」的意義相去無幾，這些離開部落的人，死後是無法回到大武山祖靈的所在地的。人也因欲望而失去幸福空間，神話中貪心者割取獸肉，自此失去「不獵而至」的獸肉；族人貪戀文明社會的物質享受，因此失去神山的庇護。

文明腳步登入部落後，耆老預卜式的聞到了一種死亡的氣味。「有一天我走了，你拿什麼做依靠？」[37]父親不僅僅一次對不願隨父親上山的伊苞如此說著。當西藏轉山行個人面對死亡威脅時，終得以回應父親生前的先見之明。她大部分時候並不知道死亡意味著甚麼？包括父親在內的部落耆老似乎不約而同的以自身的「死亡」隱喻、提示著另一種死亡。「若我從大武山回來人間，你會知道是我回來嗎？」巫師對著即將離開部落求學的伊苞說。「你今天離開，我不知道明天或後天會不會再遇到你？」老人家說。「孩子，我們死後，你會記得VuVu嗎？」部落老婦人無時無刻以哀傷和思念的語調如是說著。[38]「死亡」也是轉山行過程伊苞不斷自我探索的大哉問。

然而，伊苞自身也是一個被視為「死去」的人，當巫師殷殷切切的對著她這個「有讀書」的人說：「家屋有靈，他們希望你

---

[37] 伊苞，《老鷹，再見》，頁7、11、19。有時候伊苞的父親換個說法：「如果有一天我走了，你怎麼辦呢？」
[38] 伊苞，《老鷹，再見》，頁17。

常常回來給他們生火、點燈，……你無論在那裡，請守好你的靈魂」[39]，她回頭望著光禿禿山頂的她，不禁悲從中來。

> 經驗已經告訴我，我的膚色和身份是個沉重的負擔，我無法再帶著我的傳統，我的文化，站在人和人競爭的舞台上。相反地，我必須不斷削去我身上的氣息，我的原來色彩，以適應不同的觀念和價值，才不至傷痕累累。
>
> 早在幾年前，我已取下掛在身上的鷹羽，我不想成為異類。[40]

取下鷹羽的伊苞述說著作為一個跨越傳統面對現代化、價值觀更新世代的無奈。曼海姆（Karl Mannheim，1893～1947）有關世代的分析，認為「世代表示一群人在整體的社會與歷史過程裡，共處於同樣的位置。所以，同一世代人的思維模式、經驗與行動，在歷史條件的限制下，會趨近相同。……共同命運的打造是世代實踐的標記。」[41]1960年代出生的伊苞，可說是部落中「選擇出走」的無奈一代。部落在現代化入侵下，地景快速變貌。年輕族人走出部落接受漢族教育，價值觀翻新，多少人在耆

---

[39] 同前註，頁147。
[40] 同前註，頁147、148。
[41] 王智明，〈敘述七〇年代：離鄉、祭國、資本化〉，《文化研究》5（2007.03），頁9-10。有關Karl Mannheim「世代」概念分析可參考蕭阿勤，《回歸線實：台灣一九七〇年代的戰後世代與文化政治變遷》，（臺北：中央研究院社會學研究所，2008），頁16-33。

老心中已經「死去」，魂魄再也認不得返回大武山的路。

　　這些背負「離開是死亡的面孔之一」的族人，是一種世代發展下的不得已，並非真正遠離部落，部落的故事掩埋在心底。來到西藏的伊苞，青山部落之所以如影隨行、排山倒海在記憶中重現，就因為她並非真正「死去」。藏人對於神山的依偎與神聖崇拜讓她在「死亡」的節奏中看見部落重生的契機。轉山的藏人，老弱婦孺，愉悅的向神山前進。藏服的光彩奪目令伊苞想起了「死亡的顏色」。

　　　　我們排灣族是沒有文字的民族，當我還是小女孩的時候，
　　　　我就擁有了母親親手為我刺繡的傳統服，兩隻蝴蝶，紀錄
　　　　著我輕盈、健康的小腿。隨著一個人的生長、成年，生平
　　　　事蹟、甚至是家族威望，全織繡在傳統服和頭冠上。當生
　　　　命的呼吸不再時，家人會為你穿上，穿上這身美麗的圖紋
　　　　與太陽日日相隨。[42]

　　排灣傳統中死亡的色彩是一種明亮的回歸與重返幸福空間的標誌，巫師解釋著自己手背、手指上的人形文：「這不是一種階級的象徵，它也是一個記號，有一天當我要離開人世的時候，手背上的人形文會浮現出鮮明美麗的色澤，這是我回家的記號，

---

[42] 伊苞，《老鷹，再見》，頁130。

我會準備好離開這個世界，回到大武山與祖靈相見。」[43] 藏族人舉家朝聖、光彩炫爛的藏服影像，像是一種無形的傷痕，時間在其後顯現了極其驚人的強度，父親頭戴鷹羽豪氣萬丈的說著：「我是拉卡茲，甚麼是拉卡茲？是守護部落的勇士和獵人。⋯⋯你長大了也會因為我的身份和事蹟而在頭上配戴鷹羽，受人尊敬。」[44] 事實上，她親自取下了鷹羽，大武山的創造神、織布女神撒渡姑、照管人類出生的神撒拉法恩⋯⋯曾經眷顧著排灣族人，如今眾神靈遠去，族人朝聖無處，「曾經擁有」形成了一種激烈傷痛刺點。[45] 強烈的力量因傷痕而產生，當下她明白了自己在另一個世界遺漏了些甚麼！在此，死亡除了是排灣部落耆老對於部落存續的諭示與焦慮；在異文化的碰撞中，藏人面對朝聖幸福空間的無畏死亡精神，反倒成為再尋排灣幸福空間的啟動力量。

伊苞因神話而來到西藏，神祕而原始的藏域，開啟了深鎖於記憶庫中的排灣部落傳統。當她在4500公尺高的薩嘎，以最原始的姿勢與星星對望時，她憶起巫師說的星星圍繞圈圈跳舞的故事；瑪旁雍錯湖繞湖的美麗傳說讓她想起巫師的文身圖案和大武

---

[43] 同前註。

[44] 同前註，頁10-11。

[45] 此處借用羅蘭·巴特論及「刺點」的部分觀點。巴特探索觀看照片所產生的情感時曾以「知面」和「刺點」討論。有關刺點又提出了另一種所謂的無形視角：「我現在曉得還有另一種刺點（另一種「傷痕」），不是一個「細節」；這新的刺點，沒有形，只有強度，它就是**時間**，是所思（「**此曾在**」）叫人柔腸寸斷的激烈表現，純粹代表。」，羅蘭·巴特著，許綺玲譯，《明室：攝影雜記》（臺北：台灣攝影工作室，1997），頁112。

山的神靈；遠眺皚皚白雪的藏族神山，長老的影像忽焉而至；聽聞藏人的葬法，便想及排灣人傳統「墳墓在那裡，家就在那裡」的室內葬習俗。[46]伊苞「身在」西藏是現實，青山部落存在於「回憶」，現實與夢境般的回憶互相交疊，串起二者的則是共同的聖性，這樣的聖性也讓糾結於「死亡」的伊苞，從無畏就死的朝聖藏人身上領略了追求幸福空間的執著，她在探問「死亡的顏色是一種力量嗎？」[47]的過程中，領悟了那個被遺落的世界。因而，「陌生的空間」有了召喚「地方情感」的能量。

　　正如身處尼泊爾和西藏邊境時，見一與兒時玩伴伊笠斯相似的青年的心境一般，看見「另一個依笠斯，我望見內心的故鄉。」[48]彼時的依笠斯並非伊苞私人情感牽繫的對象，而是記憶與遺忘拉扯中出現的影像。如果能夠堅持，是否就能記憶？正如兒時遇蛇驚恐時，父親如是說：「你這樣繞，那樣繞，都可以繞到父母親的山。」[49]，或許就能夠尋回那曾被歌頌的空間。


## 四、結語

　　從前述討論可知，對於伊苞而言，原屬陌生的西藏神聖地景，卻成為召喚潛藏於內心深處的原鄉記憶的轉折空間。Mike

---

[46] 伊苞：《老鷹，再見》，頁57、73、74、127。
[47] 同前註，頁130。
[48] 同前註，頁27。
[49] 同前註，頁9。

Crang分析地景的作用時提到：「被塑造的地景，以及塑造著當地人民的地景，成為文化的記憶庫……」[50]，此處強調了人群與土地的聯繫。然而西藏神山對於伊苞而言並無此層面的關連性，因此我們大約可從象徵地景的視角，總結西藏神山對於一位排灣族人具召喚性的緣由。

西藏神山和大武山對其族人都具有一種神聖象徵，此象徵依居民的信仰而賦予意義。藏族人相信人要承受六道輪迴之苦，故以轉山行免除此苦。其背後彰顯著朝聖者解倒懸之苦的願望，因此西藏神山成為現實社會中的幸福空間。大武山曾經也是排灣族人的幸福空間，是祖靈的居所，是創造之神所在的地方，也是充滿神話故事的空間。然而部落變貌，被族人背叛的眾神靈不再，對於「帶著死亡面貌」離開部落的排灣族人，祖靈的山漸行漸遠。

伊苞西藏行旅原非為「尋根」，然而藏族老弱婦孺不畏艱苦未曾歇腳的轉山，令伊苞因此得以確認，西藏——是一個受到祝福的神聖地方，是人們寄予希望的空間，否則「夕陽已沉落，黑暗就要來臨，他們不擔心嗎？」[51]。相對於受到祝福的西藏聖山，大武山的創造之神卻因為人民的背離而感到孤單害怕，巫師焦慮著：「我們的傳統信仰已被外來的神所取代，人們離原來的

---

50 Mike Crang著，王志弘、余佳玲、方淑惠譯，《文化地理學》，頁28。
51 伊苞，《老鷹，再見》，頁158。

世界越來越遠，他們不知道自己是誰……。」[52]離開部落的人，
魂魄終究認不得回大武山的路。摘下鷹羽的部落青年，試圖消抹
原始色彩，遠離故鄉，鄉愁隨著褪去的鷹羽選擇隱藏或遺忘；耆
老不斷以死亡諭示部落的消亡，未曾離鄉的耆老「換位替代」離
鄉者，唱起了濃濃的想像鄉愁。

　　來到西藏的伊苞，「一個受到祝福的神聖空間」撼動內心無
比的傷痛與遺憾，再回幸福空間的聲音裊繞於眼前所見的幸福空
間：「如果大武山的祖靈還在，如果誦念死者亡魂引渡大武山，
迎接祖靈回部落的巫師還在，如果沒有殖民，如果有堅持，我是
不是也是大武山的朝聖者。」[53]轉山者無悔的身影與信念，如同
排灣耆老因堅持而凝聚承續祖靈殷殷告誡的傳統，面對帶著死亡
面孔離開的族人，始終維持著一種善的能量。在此，還擁有「受
到祝福的神聖空間」的西藏神山，借力還原了一個想像的排灣神
山，彷如來到「歷史現場」的伊苞，心底被時間掩埋的「根」之
情懷終被喚起。在神山的莊嚴肅穆與朝聖者以寧捨生命也要邁向
幸福空間的同時，形成一種移動性的認同想像。再次審視自我生
命與部落的「死亡意識」時，《老鷹，再見》跨越以邊緣對抗中
心的書寫模式，另謀一種異文化撞擊中的「死而復生」。因此，
故鄉部落得以乘著記憶的翅膀，跨越了遙遠的空間，引領族人再
次回到大武山祖靈的懷抱。

---

[52] 同前註，頁78。
[53] 同前註，頁159。

# 貳、
# 日治時期臺灣賽德克亞族祖源敘事中的根莖流轉脈絡<sup>*</sup>

## 一、前言

　　臺灣原住民太魯閣族與賽德克族未獨立前，此二族被視為泰雅族的系統之一。因此，雖然二族已分別於2004年、2008年正式獨立為一族，但過去在族群分類上往往被視為同一族，然而在族群歷史與社會互動的脈絡上，三族彼此間的關係卻是千絲萬縷。

　　臺灣原住民族的族群分類從日本統治時期即存在著歧異性，伊能嘉矩、粟野傳之丞《臺灣蕃人事情》[1]中分為八個族群[2]，泰

---

\* 本文為科技部專題計畫〈臺灣原住民泛泰雅族祖源敘事與部落遷徙脈絡中的根莖流轉〉（計畫編號：105-2410-H-259-069）之部分研究成果。

[1] 臺灣總督府編，明治32（1899）年刊本。〔日〕伊能嘉矩、粟野傳之丞撰，傅琪貽（藤井志津枝）譯註，《臺灣蕃人事情》（臺北：原住民委員會，2007）。

[2] 整個日治時期臺灣原住民族的分類基本上以伊能嘉矩的分類為主流，但因為平埔族人數少且分散各地，經過伊能等實地考察後證實「漢化很深」，幾乎與漢人分不清，因此臺灣總督府在施政策略上將他們視為一般平地居住者，排除在「台灣蕃族」之外。〔日〕伊能嘉矩、粟野傳之丞撰，傅琪貽譯註，《臺灣蕃人事

雅族為其一。臺灣舊慣調查會1913至1921年間出版八卷《蕃族調查報告書》[3]，其中有關泰雅族部分，佐山融吉於報告書中將賽德克從泰雅族中分出。1915年出版的《番族慣習調查報告書第一卷》[4]中，似乎對於將賽德克族視為個別族群無甚把握。整體而言，1913年以降的日本官方分類，承認的都是七族。[5]及至1930到1933年，移川子之藏及小川尚義進行了全臺灣的調查，1935年移川團隊的調查成果出版《臺灣高砂族所屬系統之研究》，將臺灣原住民族分為九族；小川尚義團隊調查成果出版了《臺灣高砂族原語傳說集》，以語言為主分為十二語言群，其中將泰雅族區分為Atyal和Sedeq。[6]

　　日本學者關於臺灣原住民族種族的分類主要依據為文化和語言，當時他們固然在調查過程中發現了語言所造成的差異，但以Atyal和Sedeq為例，認為二者之間的差異事實上並不如其它群體語言之間的差異。馬淵東一論及臺灣原住民族漢化或者半漢化的現象時曾提出有關族群的分類事實上只是一個擬案，因為在漢人勢力的影響下，許多族群喪失了大部分的文化和語言甚至體

---

情》，頁14。
[3] 臺灣總督府臨時臺灣舊慣調查會，中央研究院民族學研究所編譯，《蕃族調查報告書第5冊：泰雅族前篇》（臺北：中央研究院民族學研究所，2012）
[4] 臺灣總督府臨時臺灣舊慣調查會，中央研究院民族學研究所編譯，《番族慣習調查報告書（第一卷）：泰雅族》（臺北：中央研究院民族學研究所，1996）
[5] 七族為泰雅、賽夏、布農、鄒、排灣、阿美和雅美。
[6] 〔日〕馬淵東一，〈高砂族的分類：學史的回顧〉，收入滿田彌生、蔣斌主編，《原住民的山林及歲月：日籍學者臺灣原住民族群生活與環境研究論文集》（臺北：中央研究院民族學研究所，2012），頁10。

質特徵。[7]過去被視為同一族的族群，由於文化差異與語言的歧異，無論過去的研究者，如前述小川尚義將泰雅族區分為Atyal和Sedeq，或近代族人自我認知與區分下所引發的族群正名運動，其背後呈顯的意義或可從族群的文化生態變化與遷徙脈絡間的關連性觀察。

臺灣原住民族未開化時期，在封閉性的社會狀態下，部族間的關連往往建立於戰爭或交易，但根據日本學者的研究，臺灣原住民社會從封閉狀態到開放往往是短暫的，很快又會回到緊閉門戶狀態，與外界保持隔離狀態。[8]廖守臣在有關泰雅族東賽德群的研究中也提到：「泰雅族因為分佈的區域非常遼闊，而他們的居住地又散佈在崇山峻嶺中的山澗，僅近親仍勉強往來外，各集團部落形同一個封閉的部落社會，這點對泰雅族本身發展有極大影響。」[9]由此得以見出，因於各種不同成因，此封閉狀態對於其它部族的存在或許緣於無來往，也無太多交集，往往存在於口碑傳說的想像中。這樣的口碑傳說雖與現實景況有不少落差，但在「敘述」的過程中，卻也保留了部落遷徙、外族混入的開放、族群密閉的自我認同等所造成的異說。

過去的泰雅族是多部族組成的族群，各部族面對外來敵人時

---

7　同前註，頁12。
8　〔日〕馬淵東一，〈山地高砂族的地理知識與社會、政治組織〉，收入滿田彌生、蔣斌主編：《原住民的山林及歲月：日籍學者臺灣原住民族群生活與環境研究論文集》，頁240。
9　廖守臣，〈泰雅族東賽德克群的部落遷徙與分佈（上）〉，《中央研究院民族研究所集刊》44（1977.09），頁63。

會聯合成共同抵抗的組織，但族群內部也因資源爭奪等因素產生對峙關係，因此部分部族遠離故土遷徙他處。頻繁的獵場爭戰造成部族的離合聚散，部族經過遷徙再遷徙，其間也混雜了外來族群，遷徙之路越遙遠，故土記憶易於或遺忘或混雜其它族群的說法。歷時甚久下，祖源敘事的神話傳說意義便不在於其內容是否符合現實，而在於藉此作為探索種族互動關係的路徑之一。

　　馬淵東一在泰雅族的研究報告中發現了：「離散多，使泰雅族關於以往年代的，移動與分佈的口碑傳承，難免產生扭曲的傾向。因此，雖然泰雅族的移動路線和分佈狀態，並非特別複雜，採錄口碑傳承者，往往有必要做多方面的詮釋以澄清實況。」[10] 馬淵東一的論述的確部份說明了泰雅族南來北往的複雜遷徙生態。日治時期至今，針對泰雅族的遷徙與祖源傳說討論的文獻並不多見，如日本學者馬淵東一《臺灣原住民族移動與分佈》第三之二針對泰雅族的討論；移川子之藏等《臺灣高砂族所屬系統之研究》第一章針對泰雅族的調查分析等。近代黑帶巴彥的〈泰雅族的遷徙形態〉、〈泰雅族口述傳說與歷史之意義〉、黃美英的〈為瑞岩部落留下歷史記憶—泰雅起源聖地與瑞岩部落的遷移〉等討論[11]；雖已較聚焦於泰雅族遷徙與祖源地傳說的討論，但比

---

[10] 〔日〕馬淵東一著、楊南郡譯，《臺灣原住民族移動與分佈》（臺北：原住民族委員會、南天書局，2014），頁87。本書內容大部分為馬淵東一所調查。

[11] 參見黑帶巴彥，〈泰雅族的遷徙形態〉，《新竹文獻》1（2000.04），頁91-92、〈泰雅族口述傳說與歷史之間的意義〉，《新竹文獻》46（2011.11），頁7-24；黃美英，〈為瑞岩部落留下歷史記憶——泰雅起源聖地與瑞岩部落的遷移〉，《原住民族文獻》10（2013.08），頁18-24。

較沒有針對泰雅族在時間與空間轉換中所呈現的細微面向討論，此細微面向借由部落遷徙與口碑傳說的分析討論，方得以做更進一步的觀察。一如馬淵東一所論，泰雅族內部的崩離與向外分立的情況，影響了泰雅族人的歷史、地理認知。祖源敘事的說法在族群離散與遷徙的過程中，究竟如何被「敘述」？多重敘事的背後又彰顯了何種意義？

本論文擬以日治時期賽德克亞族傳述的祖源敘事與遷徙關係為主，探討其中的根莖流轉狀態。「流轉」是不斷流動及改變的文化生態，改變的動因來自於不同層面的影響，有內部的動力亦有外來所形成的壓力，內、外交錯的複雜動因造成了族群的聚合離散變遷，同一系統的崩離與他者的混居，更是強大轉異／裔的推力，其中時空的流轉更是重要因素之一。於此，祖源敘事所標誌的「根」的位置在時空流轉下，「根的想像」所衍生的意義，是本論文關注的重點。

賽德克亞族包括德固達雅（Tgdaya）、都達（Toda）、德路固（Truku）三個語群，佐山融吉《蕃族調查報告書》依Tayal/Seediq自稱及語群的差異分大�族與紗績族兩冊書寫，其中紗績族今分成賽德克族與太魯閣族[12]。移川子之藏等的《臺灣原住民

---

12 根據日治時期文獻記錄，屬於seejiq語系的人為「紗績族」，原居地為今日南投地區，包含德路固（Seejiq Truku）[太魯閣群（Taroko），或稱「托洛庫群」（Truku）]德固達雅（Seediq Tgdaya）[德克達雅群（Takadaya）]都達（Sediq Toda）[道澤群（Tuuda）]

族系統所屬之研究》[13]則依照語言的差異分成三個系統，同時對應著祖源發祥地。此三系統為：賓斯布干（Pinsəbukan）[14]；大霸尖山（Papak-waqa）；白石山（Bunohon），賽德克亞族以白石山起源地為主要說法。[15]根據學者調查研究，族群大約於一百五十年至二百年前即已遷徙到東部[16]。因此，日本人從事調查之前，族群已經過了不同情況下的移動與遷徙。

　　本論文目的不在於進行族群全面遷徙面相的討論，而是藉由日本人類學家的調查報告，探討日治時期在部落間口耳相傳的祖源敘事所衍生的意義可能及其影響。《蕃族調查報告書》與《臺灣原住民族系統所屬之研究》雖有不足之處[17]，但一如原住民學者孫大川所言：「日本人類學家的調查並不完全是對臺灣原住民外部知識的建構而已，更是族群內部記憶的保存和傳遞問題，牽涉到原住民歷史意識之主體性內涵。」[18]從《臺灣原住民族系統

---

[13] 本書為移川子之藏、宮本延人、馬淵東一等三位人類學家，耗費三年實地訪查與二年資料整理始完成。本文為行文方便，以移川子之藏為代表。

[14] 為「裂岩處」之意，大約是今南投縣仁愛鄉瑞岩附近

[15] 臺北帝國大學土俗・人種學研究室著，楊南郡譯著：《臺灣原住民族系統所屬之研究》第1冊（臺北：南天書局，2011），頁24-25。

[16] 根據馬淵東一的調查，從托洛閣群及陶塞群的口述者所誦出的系譜，祖先移動東遷的年代大約是一百五十年前，最多不會超過兩百年前。〔日〕馬淵東一著、楊南郡譯著，《臺灣原住民族移動與分布》，頁107。

[17] 在山的紗績族後篇內容簡略，調查者自言蒐集時間僅三個月。又陳奇祿提出，當時調查人員的身分非專業性，且推測調查研究可能以問卷形式由各工作人員查填，內容錯誤難免。參見余光宏，〈泰雅族東賽德克群的部落組織〉《中央研究院民族學研究所集刊》50（1980.9），頁92。

[18] 孫大川，〈臺灣原住民的面貌的百年追索〉，收入於臺北帝國大學土俗・人種學研究室著，楊南郡譯著，《臺灣原住民族系統所屬之研究》》第1冊，頁vi。

所屬之研究》一書的緒言中也可見出日本人類學者調查時所秉持的理念與初衷：「最後就臺灣的情形來說，今日我們對於島上高砂族的認識，僅限於稍能識別各族彼此間差異的程度，我們有義務要趁早採擷高砂族的詳情，傳給後代子孫。」又說：「未開化民族的口碑傳承，往往是他們本身的歷史、軼事，同時也是他們的詩、文學、哲理以及科學。原始民族將宗教情操混融於其中，是未經淨化的，可謂民族所擁有的全部財產。」[19]正因為無文字民族留下資料的困難，因此日本人類學家的調查資料容或有以今日視角回顧的缺憾，但「我們完全無法想像，如果沒有這些盡可能嘗試從內部捕捉部落集體記憶的成果存在，今天的原住民將憑藉甚麼來拼湊自己的民族圖像。」[20]因此，《蕃族調查報告書》與《臺灣原住民族系統所屬之研究》二書對爾後臺灣原住民族之研究影響甚深，是以本論文以二書的口碑傳說為主，考察賽德克亞族祖源敘事的面貌及其意義。

## 二、時間流轉中的祖源敘事

　　移川子之藏與佐山融吉的調查時間相距大約十四年，雖然並非長時間的間隔，但因霧社事件（1930）與太魯閣事件（1914）

---

[19] 臺北帝國大學土俗・人種學研究室著，楊南郡譯著，《臺灣原住民族系統所屬之研究》第1冊，頁2。
[20] 孫大川，〈臺灣原住民的面貌的百年追索〉，收入臺北帝國大學土俗・人種學研究室著，楊南郡譯著：《臺灣原住民族系統所屬之研究》第1冊，頁vi。

的發生，此二事件的影響度及傳說如何敘述此影響下的族群記憶，便成為值得觀察的視角。本節以時間的流轉作為探討同一支群有關祖源敘述的呈現樣態及其成因。

佐山融吉於1916年調查時，族群已經過遷徙，分佈於臺灣西部與東部，分為霧社蕃（Tgdaya）、韜佗蕃（Toda）、卓犖蕃（Truku）、太魯閣蕃（Truku）、韜賽蕃（Tawsay）及木瓜蕃（Tkdaya）六支族。[21]六族當中的太魯閣蕃、韜賽蕃及木瓜蕃事實上是東遷至花蓮的族社。[22]移川則將泰雅族區分為三個系統，本文所討論的賽德克亞族屬於白石山發祥系統，此系統包括了霧社群（Tək-daya）、托洛閣群（Toroko）、道澤群（Taudā）和東部的太魯閣群（Təroko）、陶塞群（Tausā）和木瓜群（Pulevao）。以下探討二書在不同考察時間脈絡下的異說及其背後的可能成因。

---

[21] 臺灣總督府臨時臺灣舊慣調查會著，中央研究院民族學研究所編譯，《蕃族調查報告書：第4冊前篇：賽德克族》（臺北：中央研究院民族學研究所，2011），頁13。本文用到「蕃」字部分，乃依日人調查文獻的翻譯，為避免論述時間混淆，未轉換成今日用法。但筆者自行論述部分則使用臺灣原住民的用詞。

[22] 內容參見《蕃族調查報告書第4冊後篇：太魯閣族與賽德克族》。

## （一）霧社蕃（霧社群）／木瓜蕃（木瓜群）[23]

### 1、霧社蕃（霧社群）的祖源敘事

霧社蕃[24]原居地為今南投仁愛鄉大同村霧社，屬於霧社支廳管轄。佐山融吉調查時，霧社蕃傳說祖先起源於Bnuhun（今白石山牡丹岩）：

> 從前，中央山脈裡有個叫Bnuhun的地方，長了一顆大樹。樹名雖失傳，但知其半邊為木質，半邊為岩石，是棵珍奇罕見的大樹。此木靈化為神，有一天從樹幹裡走出了男女二神。此二神生了許多子女，子女又再生子女……。[25]

傳說還述及當時是神的時代，族人曾經擁有樂園生活，後因人口增加而散居，又因疲於農耕不得飽食，部分人遷至花蓮港（Sbnawan），有些人西進成為熟蕃，一部分人定居於Truwan社（今春陽溫泉），移居Truwan社的正是霧社蕃的祖先。霧社

---

[23] 同一族群於《臺灣原住民族系統所屬之研究》一書中的族社名用法標記於括弧中，本文行文分別依照佐山與移川於調查報告中的用法。

[24] 其中Tongan與Sipo光復後遷入今仁愛鄉南豐村南山溪與天主堂兩部落；Truwan今春陽溫泉，有6戶Toda人居住；Truwan、Gungu、Drodux、Mebebu、Skuk、Boarung六個部落因參與霧社事件，被強迫遷往川中島。Gungu位於今春陽，現為Toda居住。Drodux位於仁愛國中現址，現為Toda居住。Skuk位於今雲龍橋春陽端，現為Toda居住。Boarung今盧山部落，現為Toda居住。

[25] 《蕃族調查報告書：第4冊前篇：賽德克族》，頁16。

蕃中的Bkasan、Boarung是從Toda蕃遷來，其餘十社約於1870年從Truwan社分出。[26]

移川子之藏調查時，根據霧社群口碑傳說，祖先是從Bunohon誕生的霧社群，其敘事大意如下：

> 在Bunohon（白石山）山麓有一棵老樹，蕃名叫做Posho Kafuni，有一天從老樹主幹分岔處生出一對男女，成為霧社群的祖先。當時人間沒有火，一隻嘴喙火紅的鳥，給人類帶來火種。[27]

老樹所生子孫衍生，一半人留於原地，一半人翻越中央山脈到東部，留於Bunohon者後移往塔羅灣（Tərowan今春陽溫泉附近）。由於許多族社由塔羅灣分出，因此霧社群的認知中，Tərowan就是祖源地。[28]

---

[26] 《蕃族調查報告書：第4冊前篇：賽德克族》，頁16-17。Tgdaya群於1930年霧社事件後，生還者遭日本強制遷往「川中島」，今仁愛鄉互助村清流Gluban部落；1936年日本人興建萬大水壩，將十二社中之Paran、Qacqu、Tkanan社遷往川中島對岸之Naka-hara社，今仁愛鄉互助村中原部落。1916年後的資料為本書重新出版之譯註，頁13。

[27] 臺北帝國大學土俗・人種學研究室著，楊南郡譯著，《臺灣原住民族系統所屬之研究》，頁87。

[28] 根據巴蘭社所傳，霧社群中塔羅灣最古老，其他各社由此分出。先建立巴蘭社（Parlan）、蘇庫社（Sūk）、赫哥社（Hōgō）；後來建立馬赫坡社（Mahebo）、東眼社（Tougan/Taongan）、西堡社；塔卡南社（（Takanan）、卡茲克社（Katsuk/Kattuq）則是很久以後才從塔羅灣分出，羅多夫社（Rodof/Durōdox）從赫哥社分出。臺北帝國大學土俗・人種學研究室著，楊南郡譯著，《臺灣原住民族系統所屬之研究》，頁87-88。

## 2、木瓜蕃（木瓜群）的祖源敘事

佐山融吉調查時，根據木瓜蕃的口碑傳說，祖先與霧社蕃同居一處，後逐漸東進居於木瓜溪沿岸：

> 古時候，祖先與南投廳管轄的霧社蕃同居一處，之後，因逐漸東進而居於木瓜溪沿岸一帶。其後也不清楚究竟經過幾十年，只知距今十七、八年前，遷來人字山東麓而居住至今。[29]

《蕃族調查報告書》中有關木瓜蕃的記載較為簡略，但另於〔附記〕中記錄：

> 某日，蕃人們告訴筆者：「本蕃因曾遭逢大規模討伐，而痛失了眾多長老和有勢力者。如今不僅沒有詳知古老傳說者，連祭祀等事宜也是各自舉行。換言之，全社無共同的活動，難以了解往昔的種種。[30]

木瓜蕃在輾轉遷徙過程中內鬥與外患不斷，尤其佐山融吉的調查與族人於1908年參加七腳川社叛亂、1914年太魯閣戰爭中受

---

29　《蕃族調查報告書：第4冊後篇：太魯閣族與賽德克族》，頁6。
30　同前註。

挫的時間相距不遠，可能為無法獲得更多資料的原因之一。

　　另外，從往後文獻研究資料可以見出，木瓜蕃發源於春陽溫泉一帶眉溪上游，幾次主要遷徙原因為：（一）尋找獵場越過中央山脈到達今日龍潤至文蘭間山區。（二）19世紀前，因受Truku的侵擾東移至Simiyawan（鯉魚潭西南邊山區）及銅門（後遷至銅蘭）。（三）清末因內部衝突，勢力較弱者遷至萬榮明利村。勢力較強者後與銅蘭相率至重光，再南遷至壽豐鄉溪口西的阿美族部落。[31]

　　《臺灣原住民族系統所屬之研究》中記錄的木瓜群（Pulevao）自稱Tək-daya-Tərowan，是霧社群的一支。移川調查當時只剩長漢社（Təngahan）和溪口社（Keikō），此群與霧社群分離乃因耕地不足而移往巴托蘭，又因與太魯閣族衝突，部分人遷到Simiyawan，其餘遷到銅門附近的Gagid。後遷到銅文蘭[32]，有些家族在內鬨中失敗又遷往長漢社。[33]總之，木瓜群在遷徙過程中與他族不斷發生互鬥，以至於勢力日漸式微。

　　有關霧社蕃與木瓜蕃，移川和佐山的調查顯示，在霧社蕃方面，祖源敘事二者有石樹生人與樹生人的不同說法，但祖源地皆

---

[31] 簡鴻模，《從杜魯灣東遷花蓮Tgdaya部落生命史》（臺北：永望文化，2005），頁3。1942年部分遷至佳民村，二戰後部分族人南遷至萬榮鄉見晴村及萬榮村。

[32] 這是太魯閣群南遷木瓜溪流域以前的事，太魯閣群遷到巴托蘭時，木瓜群已遷走。長漢社成立5、6年前，遷到Simiyawan的木瓜群，有十戶遷到Səvikiai（得到阿美族馬太鞍社協助而成立）

[33] 臺北帝國大學土俗・人種學研究室著，楊南郡譯著，《臺灣原住民族系統所屬之研究》，頁108-109。

為白石山，二者說法差距不大。但木瓜蕃部份，移川子之藏的調查較為詳盡，原因可能與佐山調查時間離太魯閣戰役不遠有關。以移川1928年進入立霧溪上游的拖博閣社（為太魯閣群）調查為例，大正3年太魯閣戰役時，此社曾受到焚村的命運。但十四年後，移川已經能安全的進入部落訪問。由此可知，移川等人調查東部各部落時，沒有像佐山調查當時遇無人可訪的窘境，此處或可推測佐山調查時，與浦經戰役的族人選擇隱匿與低調有關。否則如果僅如佐山調查的報導人所言：「因曾遭逢大規模討伐，而痛失了眾多長老和有勢力者。沒有詳知古老傳說者」，則移川等人於十四年後再度前往調查，在原住民族以口頭傳承為部落傳統所依的情況下，移川恐怕也會面臨相同景況。然事實上，移川有關木瓜群的調查是較為詳盡的，顯示了上述有關「因征戰影響，族人選擇隱匿與低調」的推測是可信的，並非已經失去了傳承人。

## （二）韜佗蕃（道澤群）／韜賽蕃（陶塞群）

### 1、韜佗蕃（道澤群）的祖源敘事

　　1916年佐山融吉調查時韜佗蕃（Toda）居住於仁愛鄉精英村精英與和平部落。[34]根據韜佗蕃的口碑傳說，大意如下：

---

[34] 1930年霧社事件後擴遷至春陽及霧社，春陽在霧社事件之前為Tgdaya部落）。此處對應前述Tgdaya蕃的遷徙，則可見出Toda在Tgdaya蕃遷往川中島後始遷入。

有來歷不明的婦女，與豬生下一名男孩。男孩長大成人，
母親取樹汁染臉後與兒子生下一個小孩。後兒子發現竟然
是自己的母親，母親便離家，後又與狗產下許多兒女，子
孫四處集社。總之，Tgdaya、Toda、Truku三蕃是由狗與豬
子孫所形成。[35]

　　佐山的調查報告沒有述及韜佗蕃的祖源地。在移川的調查
中，也沒有關於道澤群始祖誕生的說法，僅述及：「道澤群的
祖先原來分居於Bukasan和Oahar」，不同講述者對於祖先原居於
Bukasan、Oahar的說法是一致的，但有關族群的移動路線有不同
說法。其一指稱居住於Bukasan者東遷花蓮港廳形成陶塞群；居
於Oahar者輾轉遷徙，最後定居於Okkol，創屯原社，此說法估計
為12、13世代以前；另一種說法是居於Oahar者被誘至Bukasan，
因而勢力消退，便遷徙至東部成為陶塞群，Bukasan最後也遷到
屯原社，此說則估計7、8世代以前。[36]此群自古與霧社群反目成
仇，與馬赫坡社爭獵場。
　　東部陶塞群的口碑傳說則還有通過兩條不同路線遷徙的說
法。研究者根據道澤群的地理位置，認為遷徙路線的分歧說法是

---

[35] 《蕃族調查報告書第4冊前篇：賽德克族》，頁16。
[36] 臺北帝國大學土俗・人種學研究室著，楊南郡譯著，《臺灣原住民族系統所屬之
　　研究》，頁92。

很合理的。因為，西部拖洛閣群和東部太魯閣群介於西部道澤群和東部陶塞群之間，使得道澤群和陶塞群隔絕已久，又在族群關係上與拖洛閣群不太融洽的情況下，族群有可能迂迴遷徙。[37]因此說法自有分歧。

由前述的口碑傳說可知，不同敘事呈現了相反的遷徙路線說法。事實上，敘事的內容差異所涉及的遷徙世代並不相同。因此，除了不同視角的考察，不同世代的傳述，可能是詮釋異說的可能。

## 2、韜賽蕃（陶塞群）的祖源敘事

根據韜賽蕃的說法，該社是從韜佗社所分出，祖先居住在Bsiyaw（指中央山脈東側山腳處或立霧溪流岸兩邊山腰），經由Slamaw、Sqawraw再翻越中央尖山至此。在南投原居地因耕地不足，越過能高山遷至花蓮梅園附近，或越過南湖大山遷入陶塞溪中游。原居梅園者受到Truku群侵擾，北移至和平溪上游與南澳群混居。[38]佐山融吉的調查資料顯示了韜佗蕃與霧社蕃間的關係，到東部的韜賽蕃與Truku蕃產生了衝突，在遷徙過程中又混居於南澳群的複雜脈絡。

移川調查的說法則是，陶塞群是從道澤群分出的，祖居地是Tōda-Tərowan（南投仁愛鄉平靜、平和、屯原）。部分人越過奇

---

[37] 同前註，頁93。

[38] 《蕃族調查報告書第4冊後篇：太魯閣族與賽德克族》，頁2。

萊北峰，另一部分人經由志佳陽（Səqaulau）而至。移川有關陶塞群的調查說明該群「自稱從西部道澤群分出」。根據魯道夫社的口碑傳說，兄弟始祖Bulon-Naiwal（弟）和Taimo-Naiwal（兄）翻越奇萊北峰的東移路途頗為迂迴，期間曾兩度返回祖居地再領族人出發。定居於魯道夫社後，始祖兄晚年又遷至南澳群土地建立博凱凱社（Babo-kaikai）。布戛阿魯社口碑傳說與魯道夫社有出入，傳說提到始祖是經由志佳陽遷來，Bulon-Naiwal和Taimo-Naiwal並非兄弟，Taimo-Naiwal是屬於霧社群，博凱凱社是他的長孫所建。

移川有關道澤群和陶塞群的調查與佐山融吉的調查差距較大，佐山融吉的調查資料較為簡略。陶塞群口碑傳說中的遷徙路線與佐山融吉的調查一樣，呈現出不同的路線說法，所提及翻越的山系就有中央尖山、能高山、南湖大山、奇萊北峰。

兩人的調查中出現了四座不同的山，從地理位置上看來，西部道澤群夾於霧社群和托洛閣群中間，因此道澤群口碑中提到的Bukasan、Oahar事實上都是遷居地。也就是東部陶塞群的移居者幾經迂迴遷徙、甚至分道而行，因此族群可能來自不同的中途居地，遷徙路線也不盡相同。因此不但西部道澤群和東部陶塞群有不同的遷徙說法，甚至族內也有不同說法。

## （三）卓犖蕃（托洛閣群）／太魯閣蕃（太魯閣群）

### 1、卓犖蕃（托洛閣群）的祖源敘事

佐山融吉調查時卓犖蕃（Tgdaya）居住於仁愛鄉合作村平和與平生部落。此部落從佐山融吉調查至今沒有歷經太大的遷徙。這些部落的遷徙時間很早，日據時期無甚大變化。然而從東部Truku的口碑傳說中，仍然能考察出部分的關連與脈絡。

有關卓犖蕃祖源敘事大意如下：

> 在Dgiyaq Qpupu處長了一棵巨木，有一天樹幹下方出現用四肢行走，身體披著毛皮的怪物。又有自樹幹下方誕生，頂上長一個瘤但形狀如樹木，身上長著樹幹、兩條樹根及兩根幹枝。接著樹幹又生出兩物，其一長且細、不能行走爬行於地，令一物則於空中飛翔……後來稱這些為獸類、人類……。[39]

此則敘述解釋了萬物包括人類（始祖）誕生於巨木，與前述霧社蕃始祖誕生於半樹半石者有一些差距。

移川調查托洛閣群的口碑傳說，敘述托洛閣群早期是由霧社

---

[39] 《蕃族調查報告書第4冊前篇：賽德克族》，頁18。

群分出，托博闊社是托洛閣群東遷時的第一個落腳處。根據Sado（沙度社）的說法：

> 托洛閣群祖先古時居於霧社群東眼社（Taongan）位置。後遷到塔羅灣社，再遷到道澤群布給望社（Bugebon），東側上方Ādao，當時道澤群還沒居於此。後遷到Tərowanan，最後創立Tərowan社（平生部落），後來從Tərowan社分出Sado社，另一部分人則因耕地不足，越過中央山脈前往東方之地，從Tərowan出發，通過合歡山麓，定居於太魯閣群居住地，為太魯閣的祖先。[40]

　　此則敘述除了說明托洛閣群與霧社群二者的遷徙關係外，也顯現出與太魯閣群的關聯性。

## 2、太魯閣蕃（太魯閣群）的祖源敘事

　　太魯閣蕃又分成內、外太魯閣和覓卓蘭三部分。內太魯閣蕃原居於平生部落，十七世紀遷至秀林鄉立霧溪上游。內太魯閣蕃的祖源敘事大意如下：

> 古時在Pnswaqan處有一塊巨石，某晚忽然崩裂，從中走出

---

[40] 臺北帝國大學土俗・人種學研究室著，楊南郡譯著，《臺灣原住民族系統所屬之研究》第1冊，頁91。

一對男女，後見蒼蠅交疊，始知陰陽和合之道，後子孫繁衍，本蕃歷史展開。[41]

　　Pnswaqan位於中央山脈白石山附近，雖然內太魯閣蕃祖源地仍然與白石山有關，但始祖的誕生處並非卓犖蕃所說的巨樹而是巨石。外太魯閣蕃則由內太魯閣東移至秀林鄉立霧溪下游、三棧溪及和平溪下游，但其始祖誕生說法與內太魯閣蕃不同：「太古時期，有隻蒼蠅不知是從何處飛來，而且還產下卵。不久之後，卵孵化，從中誕生一對男女。……」[42]外太魯閣蕃的始祖乃由蒼蠅卵誕生。覓卓蘭於19世紀驅離木瓜蕃而居於木瓜溪、龍溪交流處。其口碑傳說祖先穿越中央山脈到東邊霧社蕃狩獵區，太魯閣、新城及覓卓蘭等地，戰勝巨人後定居。[43]

　　移川有關太魯閣群的調查資料較為詳細[44]，太魯閣群為西部托洛閣群的分支，從祖先的移動與分布地形可分成立霧溪和木瓜溪流域。祖先越過奇萊北峰至立霧溪，沿著溪岸建立部落。後因人口增加再分出小社，有一部分人遷到南方的木瓜溪流域。因此可以從各社口碑傳說中考察族社的分合狀態。從口碑傳說中可發

---

41　《蕃族調查報告書第4冊後篇：太魯閣族與賽德克族》，頁3。
42　同前註，頁4。
43　日治時期歷經多次重組移居，今居住於秀林鄉、新城鄉及萬榮、卓溪鄉。
44　1928年臺北帝國大學成立，展開南方學研究。移川教授被任命為文政學部教授，開始進行托博閣社調查，移川調查了托博閣社和古白楊社後，因經費關係無法展開全面調查。1930年獲得指定捐款的調查費用，但或因年事已高加上足部毛病，訪問部落多位於淺山，因此無法展現之前在立霧溪的精彩調查成果。

現幾個現象：

(1) 傳說的混合：

根據古白楊社的耆老所述「始祖原來在Mək-modau附近的Pinsəblukan，是從樹根誕生的。」[45]Pinsəblukan指的是賓斯布干岩，是賽考列克和澤敖列的祖先發祥地，古白楊社祖先因具有賽考列克和賽德克兩系統的血統，因此混合了兩個系統的誕生說法，誕生地不是白石山而是賓斯布干。

(2) 我族與他者的視角：

西寶社（Sipao）因殺同族的人而逃離祖居地，和托布拉社曾以Bulexengun為耕地，西寶社的人原與被遷來此的道澤群（陶塞群）和睦相處，但後來雙方反目，道澤群殺死西寶社人，所以是因太魯閣人被陶塞群獵頭而遷居。但陶塞群的說法不同，他們的說法是Bulexengun本歸屬他們，太魯閣群擅自進去開墾，陶塞群驅離他們前還贈與煙斗答謝。西拉庫社（西寶社之一小社）則說，陶塞群較晚到，以煙斗、陸稻、箭等答謝太魯閣群的讓地。

移川的調查雖然最後因經費問題無法展開臺灣原住民族的全面性調查，但針對托博闊社和古白楊社頭目家族系譜的記錄加上馬淵東一的補充調查，仍然提供了相當重要的資料。

---

[45] 臺北帝國大學土俗・人種學研究室著，楊南郡譯著，《臺灣原住民族系統所屬之研究》第1冊，頁94。

## 三、地理空間移動脈絡下「根」的流轉

　　佐山融吉與移川子之藏的調查時間相距大約十四年，二人的調查分別遭遇了日本統治勢力與賽德克群的征戰。1914年佐久間左馬太下令軍警聯合進花蓮太魯閣區域，激起太魯閣抵抗事件。因此，佐山融吉的調查可說是殖民者與此群的第一次面對面接觸。[46]移川子之藏於1930年夏天開始關於高砂族的研究計劃，十月份他本預訂前往霧社，出發當天清晨，霧社群發動了流血慘案（即霧社事件）。[47]兩位學者調查可說是除了面對地理空間的移動與時間的流轉外，還要考慮身為殖民者的敏感身分。

　　佐山與移川調查中，有關西部與東遷族群祖源敘事說法如表一、二。本節以兩人各自在東、西部的調查為主要討論視角，佐山融吉調查結果顯示西部的賽德克系統三群都有奇異的始祖誕生說法，東部則內、外太魯閣蕃有相關傳說，但說法不盡相同。移川的調查，西部霧社群及東部太魯閣群有相關說法。關於起源敘事，王明珂從「歷史記憶」的角度提出：

　　　「歷史記憶」，在一社會的「集體記憶」中，有部份以該

---

46　《蕃族調查報告書第4冊前篇：賽德克族》，頁iv。
47　臺北帝國大學士俗·人種學研究室著，楊南郡譯著，《臺灣原住民族系統所屬之研究》第1冊，頁xxxii。

社會所認定的「歷史」型態呈現與流傳。人們藉此追溯社
會群體的共同起源（起源記憶）及其歷史流變，以詮釋當
前該社會人群各層次的認同與區分。……「歷史記憶」可
詮釋或合理化當前族群認同與相對應的資源分配、分享關
係。……此種歷史常強調一民族、族群或社會群體的根基
性情感聯繫，因此我稱之為「根基歷史」。「歷史記憶」
或「根基歷史」中最重要的部分，便是此「歷史」的起始
部分，也就是群體的共同「起源歷史」。「起源」的歷史
記憶、模仿或強化成員同出於一母體的同胞手足之情；這
是一個民族或族群根基性情感的基礎。它們以神話、傳說
或被視為學術的「歷史」與「考古」論述形式流傳。[48]

　　根基歷史強調同出一源的認同，也藉以區別差異。表一、
二中的族社原皆屬於Bunohon（白石山）發祥系統，此系統的主
要說法為始祖誕生於巨木樹幹的一對男女。但從表一佐山融吉的
調查中可以發現，只有卓犖蕃的說法是符合此系統的發祥起源傳
說。表二移川的調查中霧社蕃和太魯閣群中的古白楊社符合本系
統始祖誕生的說法，但古白楊社口碑中的地點為賓斯布干並非白
石山。

---

[48] 王明珂，〈歷史事實、歷史記憶與歷史心性〉《歷史研究》5（2001），頁138。

## （一）霧社蕃（霧社群）／木瓜蕃（木瓜群）

　　佐山融吉於1916年調查時，南投縣的霧社蕃有祖先為半木半石的神樹所生的說法，部分祖先從發祥地遷到Truwan社，其時Truwan社內已有兩社混居了Toda蕃。花蓮的木瓜蕃雖自述祖先與霧社蕃同居於一處（指的是Truwan），但未述及始祖的誕生。因為Truku的侵擾和內部衝突而遷徙，因此與Truku混居和通婚而被同化，使用德魯固族語言。移川的調查顯示霧社群有祖先從老樹生出的說法，木瓜群則仍然只有自稱是霧社群的一支。霧社群是白石山發祥系統中的主要族群。

　　綜合兩位學者的調查報告或可說明，白石山發祥系統以始祖誕生於樹木為主要說法，因此無論是佐山融吉或移川的調查中，霧社群呈現出較為穩定的說法。但在往後的發展中，霧社蕃無論在南投或遷徙到東部，因為政治因素、土地資源爭奪等因素在遷徙過程中混雜了其它支族的人，甚至與阿美族人混居通婚。在地理空間幾番變動下，木瓜群雖保留祖先源自霧社群的說法，但始祖誕生於白石山發祥地樹木的說法已經不普遍，因此兩位調查者的報告中無特別紀錄。

## （二）韜佗蕃（道澤群）／韜賽蕃（陶塞群）

　　根據兩位學者的調查，韜賽蕃（陶塞群）都指出祖先出自韜佗蕃（道澤群），但除佐山的調查中有韜佗蕃是由豬狗等所生的

說法外，其餘未特別提出始祖誕生的說法。韜賽蕃Rudux社的口碑傳說則敘述，古時候祖先原居於立霧溪兩旁山腰，後遷至陶塞溪，其中有族人遷至Truwan，子孫繁衍後經由Slamaw、Sqawraw翻越中央尖山來到Rudux建社。[49]

　　從Rudux社的口碑傳說或可相佐於研究者提出族群早已遷徙到東部的說法，因此韜賽蕃Rudux社才有祖源地於立霧溪的說法。事實上，無文字民族靠的是以記憶的口誦系譜和族群、部落歷史，以移川1930年代在立霧溪田野調查所留下的斷輪之作拖博閣社和古白楊社為例，古白楊社頭目所背出的八代389個祖先的人名與事蹟已令人震撼，但以一代二十五年計算，大約僅能溯及二百年。因此，Rudux社的報導人口述中所能記憶的系譜可能是早已移居立霧溪的祖先。

## （三）卓犖蕃（托洛閣群）／太魯閣蕃（太魯閣群）

　　卓犖蕃和太魯閣蕃在佐山融吉調查時遷徙情況較其它兩群穩定，似乎在十七世紀遷徙至東部後，大致上為內部的移居，遷徙脈絡較為單純。卓犖蕃從佐山融吉調查之後沒有歷經太大的遷徙，族群口碑傳說中也沒有述及複雜的遷徙脈絡。

　　佐山的調查中說明卓犖蕃出於霧社群，因此卓犖蕃也有始祖誕生於巨木的說法。但移川調查的西部托洛閣群（即佐山調查報

---

[49] 《蕃族調查報告書第4冊後篇：太魯閣族與賽德克族》，頁5-6。

告中的卓犖蕃）遷徙敘事中似乎沒有特別提及始祖誕生，其原因可能與1930年霧社事件的生發有關，移川在此群的報告上寫了：「關於托洛閣群的祖先來歷，僅僅問出以下口傳資料……」[50]，行文之間有無法獲得更多資訊的無奈。前已提及，兩位調查者的調查時間僅相距僅十四年，此族群既然從佐山調查後並未經歷大遷徙，祖源敘事當無可能在短時間內遺忘，因此移川調查時僅獲得有限內容，應該是受霧社事件的影響。

　　至於佐山融吉報告書中的霧社蕃始祖誕生於半木半石巨樹的說法，或可能在遷徙中複合賓斯布干發祥系統的巨石生人說法，或者如族人對於「Bnuhun的地方，長有一顆大樹……」說法的質疑，有可能是調查者誤聽耆老語言的結果。[51]

　　至於遷徙至東部的族群，始祖起源的說法已和白石山系統不同，或者在發祥遷徙傳說中未特別提及始祖的誕生。兩位學者的調查資料顯現，以始祖誕生為族群起源的發祥傳說在賽德克群中似乎沒有特別強化族群歷史記憶的作用。但或許內部群體的起源認同仍然具有「根」的認同作用，因此各族群在不同的情境因素下產生了新的祖源及始祖誕生敘事。

---

[50] 臺北帝國大學土俗‧人種學研究室著，楊南郡譯著，《臺灣原住民族系統所屬之研究》第1冊，頁90。

[51] 《蕃族調查報告書第4冊前篇：賽德克族》，頁v。有關起源傳說中的Bnuhun的地方，長有一棵大樹的說法，郭明正認為當時受訪的三位耆老應該是以Pusu Qhuni來傳述賽德克族的起源傳說。Pusu Qhuni是始祖誕生之地，賽德克語Pusu Qhuni原是「樹根、樹頭」之意，指「樹」長出地面的根基部，實際上Pusu Qhuni是高約90-100公尺、最大圍徑約60公尺的巨大岩石，今稱白石山牡丹岩，是顆叢林中屹立的大石而不是大樹。

表一 《蕃族調查報告書第4冊：賽德克族與太魯閣族》中
之祖源說法

| 霧社蕃 | 木瓜蕃 |
|---|---|
| 祖先起源於Bnuhun<br>石樹生人<br>Truwan社是霧社蕃的祖先 | 祖先與霧社蕃同居一處 |
| **韜佗蕃** | **韜賽蕃** |
| 佐山融吉調查時Toda居住於仁愛鄉精英村精英與和平部落<br>由狗與豬子孫所形成 | 該社是從韜佗社所分出，是經由Slamaw、Sqawraw再翻越中央尖山至此。<br>Rudux社的口碑傳說則敘述，古時候祖先原居於立霧溪兩旁山腰，後遷至陶塞溪，其中有族人遷至Truwan，子孫繁衍後經由Slamaw、Sqawraw翻越中央尖山來到Rudux建社。 |
| **卓犖蕃** | **太魯閣蕃** |
| 調查時Tgdaya居住於仁愛鄉合作村平和與平生部落<br>人類（始祖）誕生於巨木<br>此部落從佐山融吉調查至今沒有歷經太大的遷徙 | 內太魯閣蕃原居於平生部落（十七世紀東遷）<br>Pnswaqan（白石山）處有一塊巨石生男女祖先<br>外太魯閣蕃<br>為內太魯閣蕃向東海岸拓展<br>始祖乃由蒼蠅卵誕生<br>覓卓蘭蕃<br>十九世紀驅離木瓜番，木瓜溪、龍溪交流處。其口碑傳說祖先穿越中央山脈到東邊霧社蕃狩獵區，太魯閣、新城及覓卓蘭等地，戰勝巨人後定居。 |

表二 《臺灣原住民族系統所屬之研究》中之祖源說法

| 霧社群 | 木瓜群 |
|---|---|
| 祖先是從Bunohon誕生的霧社群<br>在Bunohon（白石山）山麓有老樹主幹<br>分岔處誕生出一對男女，為霧社群的祖先<br>因此霧社群的認知中，Tərowan就是祖源地。 | 木瓜群（Pulevao）自稱是Tək-daya-Tərowan，是霧社群的一支。 |
| **道澤群** | **陶塞群** |
| 祖先原居於Bukasan、Oahar<br>與霧社群反目成仇<br>東遷有兩種說法 | 從道澤群分出的，祖居地是Tōda-Tərowan（南投仁愛鄉平靜、平和、屯原）。 |
| **托洛閣群** | **太魯閣群** |
| 托洛閣群早期是由霧社群分出 | 為西部托洛閣群的分支<br>祖先的移動與分布地形可分成立霧溪和木瓜溪流域。<br>古白楊社的耆老所述「始祖原來在Mək-modau附近的Pinsəblukan，是從樹根誕生的。 |

## 四、結語

　　本文所討論的賽德克亞族三大群原屬於同一系統，但在空間遷徙與時間流轉的脈絡中，其轉異／裔的動因是複雜的。

## （一）移動的空間認同

　　根基歷史可詮釋或合理化族群認同，對於異地同源的族群連結具有重要的意義。但從前述的分析中可以發現賽德克亞群經過輾轉遷徙後，對於祖源地的空間意識相對薄弱。如霧社群羅多夫

社人說，死者之靈集居於附近最高的山─守城大山（Podian），
巴蘭社人說，死者之靈漂浮不定。霧社群認為死者之靈或回歸
附近山系或漂浮不定，卻不說回歸到祖先發祥地Bunohon。顯
然地，後代子孫離開Bunohon久遠，對於祖源地的記憶已經喪
失。[52]西部的霧社群對於祖源地記憶已薄弱，遑論17世紀已遷至
東部的族群。因此，有如Rudux社以立霧溪兩旁山腰作為祖源地
的「根」的想像所在，而不提南投的始源地。事實上，祖先經過
輾轉甚至迂迴遷徙，在部落傳承記誦有著傳承時間的上溯限制情
況下，祖源地便產生變化，韜賽蕃Rudux社說祖先原居於立霧溪
兩旁即為一例。

## （二）根莖自行其是[53]下的轉裔

　　太魯閣群遷徙到東部後，因為耕地的爭奪，不同群體的遷
入強佔，勢力的消長強弱，造成各族群的多元遷徙脈絡。西部托
洛閣群和東部太魯閣群本有共同祖先，彼此為爭奪獵場而反目，
甚至互相獵取對方人頭，不相往來。太魯閣蕃早於17世紀即已東
遷，日治時期內、外太魯閣蕃及覓卓蘭蕃經過多次重組移居。

---

[52] 臺北帝國大學土俗・人種學研究室著，楊南郡譯著，《臺灣原住民族系統所屬之
研究》第1冊，頁90。

[53] 德勒茲（Gilles Deleuze）與瓜達里（Felix Guattari）提出根莖論批評過份依
賴中心與邊緣的二分法，提出根莖延伸的各行其是，不一定是開花結果的樹狀
思維。此處借用此根莖思考，觀察賽德克亞族遷徙的脈絡發展，尤其在根莖流
轉的概念下，祖源敘事的當代意義的轉化。Gilles Deleuze and Felix Guattari,
A Thousand Plateaus: Capitalism and Schezophrenia, trans. By Brian
Massumi (Minneapolis: University of Minnesota Press 1987), p.15.

古白楊社祖先有著拖洛閣群和馬列巴群（Bəqoai）血統。來自Təroko-Tərowan女子嫁給馬列巴群男子。如此複雜而互相牽扯的征戰、聯姻與遷徙脈絡，造成此族群的「根」的想像的變動，始祖有誕生於樹根、巨石、蒼蠅卵等不同說法。此群後來獨立為太魯閣族，此種情形不僅僅是祖源記憶的模糊或遺忘，而是同源族群盤根錯節，在遷徙與流動中不得不的「彈性」[54]認同，因之形成一種根莖自行其是的分道揚鑣又或者是一種或進或退、或張或弛的「勢」的姿態，爾後太魯閣族的正名所引起的諸多爭議與討論，正可以從這樣一種間距的消長與推移思考。[55]

## （三）遷徙脈絡下的裂變

　　東遷的太魯閣群古白楊社的口碑傳說始祖在Mək-modau附近的Pinsəblukan，從樹根中誕生。Pinsəblukan是指賓斯布干岩，是泰雅族賽考列克系統和部分澤敖列系統所稱的祖源地。古白楊社祖先因具有兩族的血統，因此混合了兩個系統的祖先誕生說法，成為一種新的祖源敘事。東遷的古白楊社賽德克人對於發祥地記憶模糊，只記得始祖誕生於中央山脈附近的樹木或地下。南投縣

---

[54] 史書美著，楊華慶譯，《視覺與認同：跨太平洋華語語系表述、呈現》（臺北：聯經出版社，2013），頁72。

[55] 此處借用王德威關於華語語系論述的觀點。「如果『根』指涉一個位置的極限，一種邊界的生成，『勢』則指涉空間以外，兼具的消長與推移。前者總是提醒我們一個立場或方位（position），後者則提醒我們一種傾向或氣性（disposition/propensity），一種動能（momentum）」王德威，〈「根」的政治・「勢」的詩學：華語論述與中國文學〉《中國現代文學》24（2013.12），頁15。

的霧社蕃也有祖先為半木半石的神樹所生的說法，其可能性之一即為霧社蕃可能在遷徙過程中複合了賓斯布干發祥系統的巨石生人說法。在賽德克群的遷徙脈絡中因時間久遠，始祖誕生的根基似乎無法堅定不移，因此雜揉了其它族社的起源敘事，而裂變出不同的說法。

　　賽德克亞族在如上述原因的遷徙脈絡與族群互動的過程中，離散的族人在時間與空間的流動下，因之發展出文化及認同的複雜與混雜性。

# 附錄

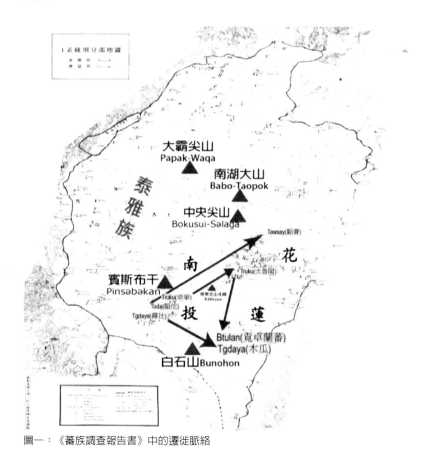

圖一：《蕃族調查報告書》中的遷徙脈絡

圖二：《臺灣原住民族系統所屬之研究》中的遷徙脈絡[*]

---

[*] 圖一、圖二底圖經《南天書局》授權，國立中山大學西灣學院博士後研究員賴奇郁繪製。

# 叁、
# 歷史的詩意想像
# ——記斯卡羅遺事

## 一、前言

　　卑南族作家巴代的《斯卡羅人》以卑南族知本石生系統卡日卡蘭部落，於1633年因飆馬社拒繳貢品事件引發戰爭失敗，導致部份氏族南遷的歷史事件為主述脈絡。作者以日本人類學家移川子之藏等人1935年於知本部落的調查資料[1]、宋龍生《臺灣原住民史‧卑南族史篇》[2]及曾建次神父的《祖靈的腳步》[3]等書中記載的相關事件作為小說創作的基礎，經由文化背景的審慎考據，試圖為無文字足以記錄過往史事的民族達到以小說輔助族群歷史

---

[1] 移川子之藏調查資料參見臺北帝國大學土俗‧人種學研究室原著、楊南郡譯註，《臺灣原住民族系統所屬之研究》（臺北：行政院原住民族委員會、南天書局有限公司，2011）

[2] 宋龍生，《臺灣原住民史‧卑南族史篇》（南投：台灣省文獻委員會，1998）

[3] 曾建次，《祖靈的腳步》（臺中：晨星出版社，1998）

文化教育的可能性。

　　孫大川為巴代另一部小說《笛鸛—大巴六九部落之大正年間》寫序時提及：「以『文』寫『史』，容或有虛擬、渲染的成份，但經過嚴謹的田野比對以及真誠的情感淨化，小說世界所營造的歷史認知，比學術文獻的推砌，更能映照歷史經驗的真實」[4]，孫氏指出這類以文寫史的文本，經過「嚴謹的田野比對」和「真誠的情感淨化」，所傳達的事實上是一種「詩比歷史更真實」的文學文本價值。有關歷史真實性的辯證在後現代歷史主義的主張中已提出了詩意想像的可能視角，海登‧懷特（Hayden White，1928～2018）的「元史學」觀點說明了歷史是語詞建構起來的文本，

　　　　歷史敘事是複雜的結構，經驗世界以兩種模式存在：一個編碼為「真實」，另一個在敘事過程中被揭示為「虛幻」。歷史學家把不同的事件組合成事件發展的開頭、中間和結尾，這並不是「實在」或「真實」，歷史學家也不是僅僅由始至終地記錄了「到底發生了甚麼事」。所有的開頭與結尾都無一例外地是詩歌的構築……。[5]

---

4　孫大川，〈以「文」作「史」——巴代《大巴六九之大正年間》〉，巴代，《笛鸛——大巴六九之大正年間》（臺北：麥田出版，2007），序10。
5　海登‧懷特（Hayde White）著、張京媛譯，〈作為文學虛構的歷史文本〉，包亞明主編，《二十世紀西方美學經典文本》（上海：復旦大學出版社，2000），頁590。

因而歷史文本富含著史家詩性的想像在內。如此，則巴代試圖以部落口述史為小說架構基礎的「小說化」史觀，要將其置放於何種位置，是值得思索的問題。

《斯卡羅人》以口傳部落史為本，以小說形式企圖展現部落歷史，但在創作者以文人之筆進行創作時，作家的立場與想像自當成為必須考慮的問題；小說所依據的口述歷史文獻也是講述者在個人詩意想像與詮釋下形成的一種文本。因此，歷史、口述歷史傳說及小說創作各有其背後之「生成」語境，該如何看待不同文本間交錯而成的歷史？小說文本的「選擇」依據又凸顯了作家何種社會關懷，此為本文所欲探索的。


## 二、口述歷史傳說文本的生成語境

臺灣原住民族歷史以口頭傳承為主要形式，舉凡神話、傳說對族人而言都是信而可徵的「古事」，無文字可據以傳承的臺灣原住民族，作家試圖藉由小說建構族群歷史的可能就在於原住民族的歷史靠的就是口碑傳承，過去並沒有任何歷史文獻可供查詢，因此口傳也就具有歷史的意義與價值。一如詹姆斯・克里弗德（James Clifford，1945～）論及「歷史生態學」（historialecology）時提到：「真實的歷史」（即有重要性的歷史）並不是等到殖民化、傳教士、文字書寫和全球性開發的來到才突然出現。歷史的包羅範圍要更全面得多。保存在口傳傳說裡

的歷史回憶（一種以地點為基礎的歷史回憶）是以循環的方式運動。」[6]此種不斷的循環形成一種變與不變的回歸與創新，也形成了口傳文學的多重異文。

《斯卡羅人》一書取材的主要來源有三，作者認為這些口傳資料是一種大綱式的呈現，以此為本的創作恰可補足口傳文學所欠缺的文學和藝術性：「……口傳故事那種大綱式的呈現，無可避免的犧牲掉了文學本身所具備的藝術性，簡化了作品本質上所要傳達的思想、情感與細膩的文化呈現。」[7]因此藉由改寫這一類的口述歷史傳說使之符合文學形式。然而作家所取材的口頭傳說，在無文字的民族經常被視為族群歷史看待，這種由記憶保存與口頭傳承的歷史似乎更符合「歷史編碼」[8]的說法，敘事者、記錄者和整理者如何或在何種情境下編碼，成為探究此類歷史敘事的要點。

《斯卡羅人》一書含〈序章〉共分為十二章，作者於每一節開頭皆註明本章取材的出處，例如第一章〈磨刀之辱〉：「……起初，Karimalau與卑南社交好，卑南社的人命他磨刀，他大為憤怒，將刀折斷而插上屋頂，……與前記的人們一起向恆春方面出

---

[6] 詹姆斯·克里弗德（James Clifford）著，林徐達、梁永安譯，《復返：21世紀成為原住民》（苗栗：桂冠圖書，2007），頁53。

[7] 巴代，〈後記：便利與挑戰下的樂趣與責任〉《斯卡羅人》（臺北縣：耶魯國際文化事業有限公司，2009）

[8] 海登·懷特認為歷史學家根據事件的時間排列來編織「到底發生了什麼」的故事，但是事件的時間順序表可以編入某些資料也可以省略掉別的資料。這些資料本身就已經被置放進資料裡，它們構成歷史學專業中假定的領域。海登·懷特（Hayde White）著、張京媛譯，〈作為文學虛構的歷史文本〉，頁582。

發……。（移川子之藏1935）」[9]，本章創作的依據為移川子之藏《臺灣原住民族系統所屬之研究》所錄之文本，小說註明取材自本書的共有二章；以《祖靈的腳步》所錄內容為主的有七章；取自《臺灣原住民史‧卑南族史篇》的二章；另一章則以陳實《臺灣原住民族的來源歷史：知本（Katipol）族民傳說》手稿為本[10]。

　　小說取用材料來源，各有不同的生成時間及背景，依大致時間序為《臺灣原住民族系統所屬之研究》、《祖靈的腳步》[11]、《臺灣原住民史‧卑南族史篇》[12]，以下先討論上述三本書之生成語境：

## （一）《臺灣原住民族系統所屬之研究》

　　本書日文版1935年出版，1928年臺北帝國大學創校主要目的之一即為展開南方學研究，基於研究對象是沒有文字的種族，因

---

[9]　巴代，《斯卡羅人》，頁12。
[10]　根據《斯卡羅人》一書後記，作者說明小說的創作是以前述三書為範本改寫。但小說第二章註明出自陳實的材料，據查該資料為未發行之手稿，目前未見流通。陳實著、陳明仁譯編，《臺灣原住民族的來源歷史：知本（Katipol）族民傳說》，手稿，1997。巴代表示自己也未曾看過此本手稿，主要參考自宋龍生所著的《臺灣原住民史：卑南族史篇》一書。（筆者透過郵件詢問巴代先生相關問題，2012年4月）
[11]　根據整理者曾建次神父所言，本書資料涵蓋1967至1970年間費道宏、山道明兩位神父所採錄及1988與文化大學金榮華教授合作採錄之所得。
[12]　《斯卡羅人》中取材自本書者有該書轉引自Anton Quack編，洪淑玲翻譯，《老人的話——知本卑南族發展史的傳說》（1981）；部分出自1994年南王李成加祭司長所述。

此調查計畫是以和歷史關聯性較大的系譜和族群遷徙為主：

> 在所有的口碑傳承中，比較接近史實的部分，應該是系
> 譜和族群移動罷。當然溯及久遠年代以前的傳承，渺茫
> 無邊際，充滿著幻想，例如種族的發祥傳說，難免有神話
> 色彩。然而，越是距今不遠的年代，所傳的內容，例如系
> 譜，可以說越接近史實。[13]

本書便是以系譜和族群的遷徙為主要調查事項的成果。雖然系譜和族群遷徙的說法是口碑中較接近史實的，但在移川等人的調查中也發現：「世代越長，口誦者對於旁系的記憶越淡薄，甚至從記憶中消失。」[14]

書中有關卑南族的調查為移川的學生馬淵東一所完成的，雖然馬淵以嚴謹的態度從事每一個部落、系譜的調查，但此計畫執行調查者皆為日本學者，成書之始也是先行以日文記錄，因此誠如移川言及部落、人名、地名和氏族名稱時說：「訪問者和報導人的不同，難免產生一些相異的語音，因為接受訪談者沒有文字，只用口談的方式回答，名稱和發音有別，當然是無法避免的。」[15]在語言訛聽的可能性與異族文字轉譯的誤差下，日本學

---

[13] 臺北帝國大學土俗‧人種學研究室原著、楊南郡譯註，《臺灣原住民族系統所屬之研究》，頁2。
[14] 同前註，頁3。
[15] 同前註，頁xxxiv。

者調查的文字記錄要完全達到原述者口述傳說歷史的原貌，幾乎是不可能的。詹姆斯・克里弗德面對當代原民性的錯綜複雜時，依靠銜接、表演和翻譯三個分析概念，他論及翻譯時提到：

> 翻譯不是傳播。例如，如果我們把全球性文化（「美國」文化）的散播視為一系列翻譯，那它是一個局部、不完整且具生產性（productive）過程的事實就會變得明顯。有些東西被帶了過去，但形式卻有所改變，形成地方差異。畢竟，Traditore tradutore〔翻譯即背叛〕。翻譯過程必然會丟失或扭曲一些原有訊息，又會羼進一些新東西。[16]

跨族群間的翻譯不僅涉及語言誤聽的問題，也是一種面對變動、衍生的挑戰。

再者，部落中的頭目或大家長為掌握主述話語權的傳承者，這些頭目除了身負一族之安危外，都將系譜銘記於心，視此為莫大光榮。在口誦系譜的過程中，呈現了對自己系統所屬的執著。[17]原住民族此種對於自己族群的認同與強烈歸屬感多少也影響了族群遷徙過程中與他族互動的記憶敘述，曾建次神父發表《祖靈的腳步》時，他所擔心的問題正是：「……老祖先為了要

---

[16] 詹姆斯・克里弗德（James Clifford），《復返：21世紀成為原住民》，頁60。

[17] 臺北帝國大學土俗・人種學研究室原著、楊南郡譯註，《臺灣原住民族系統所屬之研究》，頁3。

顯露自己的部落有多了不起有多優秀，所以講到自己部落的優點時，會貶抑別的部落，……。」[18]因此往往同一件事，不同部落或氏族間便有不同說法，各自站在族群自我立場的敘事與詮釋，自然是眾多的事件構成了歷史的多重面相。

## （二）《祖靈的腳步》

　　曾建次神父《祖靈的腳步》是《斯卡羅人》採用材料最多的文本，書中共有四十八則敘事，每一則敘事皆於文後註明講述者，講述時間，講述者個人資料則附錄於書後。根據曾建次神父的說法，本書口傳史料乃是1967年到1970年間德國籍神父費道宏（Rev. Patrick Veil）發現卑南祖先流傳下來的歷史、故事、慶典等值得記錄，因此邀請山道明（Dominik Schroder）神父一起做的採訪；另外一部份則取自1988年和文化大學金榮華教授合作採錄的資料。[19]比對洪淑玲根據德文版所翻譯的《老人的話》[20]、《祖靈的腳步》一書中個別講述時間的紀錄及曾神父於書前所做之說明，曾神父於書前有關德籍神父採錄時間點或有誤差。《老人的話》記載山道明神父於1964年前往知本，當時他對祭司問題特別有興趣。書中所載錄的故事是1965年3月至1966年11月第二次來

---

[18] 曾建次，《祖靈的腳步》（臺中：晨星出版社，1998），頁10。

[19] 參閱曾建次，《祖靈的腳步》，頁8-9。曾神父說明當時這些採錄資料曾用德文整理後出版，爾後曾神父去德國從圖書館中將這批錄音帶拷貝帶回。

[20] Anton Quack編、洪淑玲譯，《老人的話》（臺北：中央研究院民族學研究所，未刊本）。

臺時所錄製、轉譯的。根據《祖靈的腳步》附錄的講述時間，本書主要講述人汪美妹女士講述年份標為1965年，因此曾神父於書前所提及的時間點（1967~1970）還要再往前推算，應該是山道明神父第二次到臺灣的時間點（1965~1966）。

姑且不論部分資料採錄時間的正確性問題，《祖靈的腳步》一書中講述者的講述年份從汪美妹的1965年到高先宗的1996年，橫跨了三十年之久，全書為曾神父依據歷史時間序整理之結果。曾神父整理的想法是將祖先的故事做「有順序的呈現，有點像是歷史過程把它們描述出來。」[21]事實上，汪美妹女士並不是連續性的講述，曾神父整理時做了串聯的動作，也就是他把汪美妹女士在不同語境、不同時間點所講述的故事，以他自己對族群歷史的詮釋、認知，做了情節接續的整合：

> 在她的敘述裡頭，不會很有順序的說出一個故事，她會說出一段，然後在另一個狀況下又說出另一段，最後我把它串連起來。例如她向之前的神父敘說故事的時候，說得比較長，但結束之後，又有一段可以聯繫到上一段的，所以我聽錄音帶時才把它銜接在一起。
>
> 這個帶子是我去德國拷貝的，聽錄音帶時覺得有些敘述不

---

[21] 曾建次，《祖靈的腳步》，頁9。

完整，但因為拷貝時分不清楚是第幾個帶子，因此我自己
覺這應該是故事要銜接時，我就這樣處理。[22]

　　曾神父不僅銜接汪美妹女士在不同時間的講述資料而已，而
且將不同講述者的講述內容依史事的時間脈絡整理成一部具有部
落史性質的口述文本。這樣的敘事文本基本上已脫離了對個人口
述資料的單純記錄，而是針對事件進行重新敘寫，已經屬於曾神
父的一種再創作。講述者三十年的線性時間差，也在整理的過程
中被置入同一時間等同看待。因此，《祖靈的腳步》一書的史料
性質，事實上是經過不同講述者所述內容串連的結果，且在整理
者曾神父個人對史事的認知下，重新詮釋與編碼下的文本。

## （三）《臺灣原住民史・卑南族史篇》

　　宋龍生《臺灣原住民史・卑南族史篇》所採用的資料，大約
可分為兩階段蒐集，第一階段為1960年至1965年作者在卑南鄉南
王村從事研究期間；第二階段為1994年至1998年到臺東針對卑南
族進行全面性瞭解。[23]書中引用資料除作者田野訪談所得外，也
有日本學者的調查資料。《斯卡羅人》中取用本書為創作材料者
有二章，其中一章為本書轉引自Anton Quack編、洪淑玲翻譯的
《老人的話》中的傳說；另一章為作者1994年在南王部落所採。

---

22　曾建次講述，蔡可欣採訪、整理，2009年1月9日，保祿牧靈中心。
23　宋龍生，《臺灣原住民史・卑南族史篇》，頁2。

因為《卑南族史篇》一書兼具作者個人田調所得和文獻資料之蒐集，且為部落史書寫性質，因此書中所引用資料的出處為多來源，其中引用《老人的話》中的敘事仍然為汪美妹所講述。

　　綜合上述，可知《斯卡羅人》主要依以創作的三部資料，其生成語境所衍生的問題並不相同。《臺灣原住民族系統所屬之研究》為日人所調查且先行以日文記錄，因此本書在世代傳承中的記憶消退、語言訛聽、異族文字轉譯、掌握話語權傳承者的自我執著、部落立場的詮釋差異等因素下，與真正的部落歷史應有一定程度的落差。《祖靈的腳步》一書則大部分出自汪美妹女士在不同時間的口述，而被整理成依歷史時序發展的敘事。不同講述者所述內容也在整理者曾神父個人對史事的認知下，與予重新編碼。《臺灣原住民史‧卑南族史篇》則引用了多來源的資料。因此，小說所依以創作的材料可說是在不同情況下，經過整理者編碼的文本。

　　另外，臺灣原住民族口述歷史傳說也是一種部落集體記憶創作，汪美妹等講述者只是部落中積極的口述史傳承者，但他們都不是歷史學家，敘述過程仍然具有講述者的個人色彩與敘述當下的語境影響，但這些在轉譯成他種語言、文字時已經被忽略了。事實上，這些看似口述史的基礎材料，在未被轉化成小說時，已充滿了文學的想像和小說寫作的連綴與修補性質。

## 三、時序交錯的口頭敘事文本

1896年鳥居龍藏在臺灣從事調查旅行，鳥居走過的調查路線正與1893年代理臺東直隸州知州胡傳管轄的範圍一致。從胡傳當時的資料與鳥居的調查報告觀察，可以發現「鳥居的調查報告，不但依循了某種學術方法論的架構，也記錄了來自於原住民族內部的口傳記憶。對照3年前胡傳的日記和書信，原住民在文獻資料中被書寫的角色和定位，顯然有了極大且本質上的變化。」[24] 此段用意雖說明的是日本學者進入部落內部與胡傳從外部觀察的視角差距。但鳥居的調查和胡傳的書寫僅差距三年，容或二人針對原住民族的描寫或記錄視角並不一致，但時間和敘事文本間的關聯性卻是不可忽視的。從《臺灣原住民族系統所屬之研究》（1935年）的調查至《臺灣原住民史・卑南族史篇》中所引最近的口述資料（1994年），時間差距將近六十年，又有調查者身分、國族的差異，這些都可能是口頭敘事文本已經在原有的歷史記憶基礎上產生變貌的原因之一。

移川於《臺灣原住民族系統所屬之研究》緒論中曾提及系譜為原住民族口碑中較接近史實者，但在調查過程中也發現了，世代越長，口誦者對於旁系的記憶越淡薄，甚至從記憶中消失。

---

[24] 孫大川，〈臺灣原住民面貌的百年追索〉，《臺灣原住民族系統所屬之研究》，頁v。

《斯卡羅人》一書的主述事件發生於1633年，距離移川等人的調查已經三百年了，馬淵東一在恆春調查時，有關當初來到恆春地方的La-garuligul家始祖女頭目Ranao的後代都已經是第十二代了。因此，小說創作所面對的是三百多年前的史事，所引用的口述資料則橫跨了六十年的講述，這些時序交錯的文本被寫入小說後，小說所保留的歷史面貌是值得探討的。以下先釐清小說與引用材料講述時間關係：

| 《斯卡羅人》各章 | 基礎材料出處 | 時間／傳講、記錄 | 備註 |
|---|---|---|---|
| 序章：〈人糞巫術〉 | 《祖靈的腳步》 | 1965<br>汪美妹講述 | |
| 第一章〈磨刀之辱〉 | 《臺灣原住民族系統所屬之研究》 | 1935<br>知本社所傳 | 《祖靈的腳步》所錄情節較簡略，為1965汪美妹講述 |
| 第二章〈氏族紛爭〉 | 《臺灣原住民族的來源歷史：知本（Katipol）族民傳說》 | 1947-50 | 《臺灣原住民史·卑南族史篇》述及卡眥卡蘭時摘錄了汪美妹的說法。 |
| 第三章〈離別筵席〉 | 《臺灣原住民史·卑南族史篇》 | 1966<br>汪美妹講述 | 《臺灣原住民史·卑南族史篇》所錄資料為轉引自《老人的話》 |
| 第四章〈神秘伴侶〉 | 《臺灣原住民史·卑南族史篇》 | 1994年<br>李成加講述 | |
| 第五章〈萌芽之情〉 | 《臺灣原住民族系統所屬之研究》 | 1935<br>知本社、太麻里社、大武窟社、察臘密社、大得吉社等所傳 | 知本社較為詳細 |

| 《斯卡羅人》各章 | 基礎材料出處 | 時間／傳講、記錄 | 備註 |
|---|---|---|---|
| 第六章〈劈海逃生〉 | 《臺灣原住民族系統所屬之研究》 | 1935<br>知本社、太麻里社、大武窟社、察臘密社、大得吉社等所傳 | 知本社較為詳細 |
| 第七章〈風雨退敵〉 | 《祖靈的腳步》 | 1965<br>汪美妹講述 | 1935<br>《臺灣原住民族系統所屬之研究》 |
| 第八章〈神行巫術〉 | 《祖靈的腳步》 | 1965<br>汪美妹講述 | |
| 第九章〈女嬰謎雲〉 | 《祖靈的腳步》 | 1965<br>汪美妹講述 | |
| 第十章〈智伏群獸〉 | 《祖靈的腳步》 | 1965<br>汪美妹講述 | |
| 第十一章〈斯卡羅人〉 | 《祖靈的腳步》 | 1965<br>汪美妹講述 | |

　　從上表可以發現《斯卡羅人》以卡日卡蘭部落部分氏族南遷的事件發展時間為描寫的依據，但小說創作基本上以整理後的口述文本為藍圖。全書引用口述資料的生成時間點上為交錯的脈絡，最早的是移川的1935年，最晚的是李成加講述的1994年。臺灣原住民族因無文字可供記錄，皆由口頭傳承部落重要事件，一如「說故事的人的材料，如果不是他本人的經驗，便是傳遞而來的經驗。透過他，又成為聽故事的人的經驗」[25]，經由口頭傳承的資料皆為集體創造的成果。因此，相距六十年的口述文本在積

---

[25] 班雅明著、林志明譯，《說故事的人》（臺北市：台灣攝影工作室，1998），頁24。

累了講述人的經驗與呼應講述實況的情境上自然有所不同。

　　所以從基礎材料上我們可以想像的是這些作為小說創作大綱的口述資料，在口述文本生成時間的交錯運用下，必須要考慮的是口述史料背後生成的時間因素。

> 事件通過壓制和貶低一些因素，以及抬高和重視別的因素，通過個性塑造、主題的重複、聲音和觀點的變化、可供選擇的描寫策略等——總而言之，通過所有我們一般在小說或戲劇中的情節編織的技巧——才變成了故事。[26]

　　臺灣原住民族部落遷徙過程中的族群互動關係，往往隨著時間越顯複雜，也會隨著時間的變化，可見部族間的更替興衰。因此，1935年的部落史講述情境與1994年回憶斯卡羅遺事的講述自然會有不同的觀點與記憶。

　　從田野考察的實務而言，即使是同一講述者也會隨著不同講述時間而產生內容的變異，每一次講述活動都是一次新的開始，即便是講述同一敘事主題也可能因為語境不同而產生出入。因此以時間為本比對口述文本，有時可以還原部分的歷史現場或氛圍。

　　小說借用材料最多的為汪美妹所講述，曾建次神父藉以成書

---

[26] 海登‧懷特（Hayde White）著、張京媛譯，〈作為文學虛構的歷史文本〉《二十世紀西方美學經典文本》，頁575。

取自德國圖書館的錄音帶和Anton Quack所編的《老人的話》的來源是一樣的。曾神父的《祖靈的腳步》一書僅於附錄說明汪美妹的講述時間為1965年，然而《老人的話》導言中清楚敘明費道宏（Rev. Patrick Veil）和山道明（Dominik Schroder）神父的錄音帶採錄時間是1964年11月到1966年8月，查閱書中有關汪美妹不同的講述時間1965和1966年各計九次[27]。

《祖靈的腳步》的成書為曾建次神父多次反覆聽取錄音帶後整理而成，曾神父依瞭解中的部落歷史時間將不同講述者和講述時間的口述資料依時間順序彙編整理，本書整理過程已經造成了文本講述時間的交錯。巴代選擇前述三本著作為小說創作大綱時，又再一次將口述文本的時間拆解。

## 四、部落歷史的選擇、詮釋與綴補

臺灣原住民族部落傳承以口頭為主要形式，並沒有歷史記載文獻可供查詢部落歷史，因此口頭傳承資料具有歷史的價值。然而不可忽視的問題是每一則敘事都經由敘事者的選擇與詮釋，都是由語詞建構出來的，因此也就有話語權所產生的立場問題，每一則敘事都可能添加了每一段敘事者的個人見解。

《斯卡羅人》的「序章」從知本社群卡日卡蘭部落向飆馬社

---

[27] 分別為1965年8.29、8.31、9.10、10.9、11.4、11.11~13、12.13；1966年1.7、1.14、1.26、1.29、2.1、3.24、3.25、8.11、8.18。

（卑南社）的復仇寫起，前因則為小說中「布利丹氏族南遷圖」中提到的「滑地之戰」，這就是發生在卑南歷史上中古時期的「竹林戰役」。這場戰役使得卡日卡蘭社氣勢大為降落，卑南社從此擺脫了向卡日卡蘭納貢的義務，最終成為卑南平原上最強勢的部落。竹林戰役應是小說情節起始的前因，但並未被寫入小說中，然而從竹林戰役的口述歷史異文可以見出族群視角的話語立場，知本和卑南關於這場戰役的說法分別為汪美妹和李成加所講述。

知本部落的汪美妹於1965年講述了這則傳說，內容大要為：

> 當各族部落都向卡日卡蘭繳交貢品時，有一次卑南社沒有繳交，因此卡日卡蘭派人前往卑南社詢問，雙方發生激烈爭吵，卡日卡蘭的人想要離開，沒想到卑南社的人在路上放了很多竹棍，讓他們的族人都跌成一堆。卑南社的人趁機展開屠殺，只留下了祭司長，將他押回部落，把他身上的肉一塊一塊割下，最後切開他的胸腔，祭司長才合目結束生命。[28]

卑南部落的李成加於1993至1997年間兩度講述竹林戰役，情節大要如下：

---

28 參考宋龍生：《臺灣原住民史·卑南族史篇》，頁162。

住知本的哥哥告訴住卑南的弟弟，因為自己是老大，所以要弟弟以後每年打到獵物要向他繳稅金。有一年卑南人獵到不少獵物，派成年會所的人去送獵物，沒想到中途被這些青年吃掉了。知本人不滿派人到卑南理論，卑南頭目查清楚是自己部落青年犯下的錯，但知本人堅持要打仗。於是卑南頭目命人砍了很多竹子排在部落交界處，知本人滑倒後就被卑南人殺了。最後知本戰敗，頭目被抓回卑南部落，他們問知本頭目服氣嗎？沒想到他一直回答不服氣，於是他們就割下他身上的肉給他吃，知本頭目還是堅持卑南欠他們肉，結果身上的肉不斷的被割下，直到氣絕而死。此後知本的人每年打獵後，反過來要向卑南社繳交獵物為稅金。[29]

　　汪美妹是一位女祭司，為部落中對傳統事務最具權威、最可信的人[30]；李成加是南王卑南族的司祭長，生前對卑南族傳統文化及儀式極為重視和堅持。[31]從相關記載中可以看出兩位講述人在部落中都擁有傳統文化的主述權，且記憶力驚人，因此他們口述的部落史應該是部落普遍接受的說法。從竹林戰役的口述史

---

29　曾建次，《祖靈的腳步》，頁197。
30　Anton Quack編、洪淑玲譯，《老人的話》，頁20。
31　曾建次，《祖靈的腳步》，頁215。

中我們可以看到知本與卑南的不同立場，汪美妹所代表的知本說法，對於知本喪失了領導地位頗有起因於卑南使出小手段的說法。但卑南部落的說法卻是相反，首先知本哥哥強要卑南弟弟以獵物繳稅不具合理性，竹林戰役也是身為哥哥的堅持要戰爭的結果。每一個敘事者自有不同的選擇與詮釋立場，由此可以明顯見出。

《斯卡羅人》取材自與知本、卑南權力轉換及部落氏族遷徙有關的口述史料，引用材料如前節所述，多為知本部落的汪美妹所述。作者巴代為大巴六九部落人，小說以巫術的歷史奇幻之旅，銜接了自己部落與卡日卡蘭部落遷移史或虛或實的關係。小說的封面寫道：

> 西元1641年，荷蘭人前往臺灣東部山區探險尋黃金，助理員衛斯理路經大巴六九部落時，因調戲部落第一美女而遭殺害。此舉引發荷蘭人與彪馬社聯軍討伐大巴六九社，部落女巫絲布伊因巫術閘口不平衡的情況下，召喚了三百多年後的小女巫前來協助。不料，這個擁有強大靈力的女巫在過程中，卻在布利丹氏族族長的召喚下，成為他肚子裡的女嬰。……

小說從第四章開始出現大巴六九的女巫師直到第九章「女嬰謎雲」都圍繞著巫術，第四章取材的是南王李成加所講述有關卑

南社沙巴彥氏族的祖先在到達臺灣最南端時，夢見神明指示他們不要再往恆春方向去，否則身體會自然消失。[32]李成加此段說法只是以沙巴彥氏族的夢境之說隱喻著南遷的斯卡羅族（原卡日卡蘭南遷的布利丹氏族）後來被排灣族同化的命運。簡單的敘事在小說中卻敷演出大巴六九部落召喚三百年後的小女巫，因緣際會的協助了布利丹度過危機，成就了威震瑯嶠十八社三百餘年的霸業。

《斯卡羅人》以口傳故事為小說書寫大綱，由前節表列可知此大綱以知本社所傳為主，汪美妹所講述的「入贅於南王的隊長」就顯現出卡日卡蘭部份氏族南遷的無奈之情。竹林戰役後原本前往復仇的知本小隊長卻為南王美女所迷惑而入贅於南王，原先知本社群因為族人既已入贅南王，遂想要化干戈為玉帛，沒想到前往探望入贅南王的族人時卻受到怠慢，因此憤而南遷。此段敘事充分顯現了過去知本與卑南（南王）權力轉換過程中，知本系統的自圓其說。在汪美妹的口頭敘事中並未解釋為何知本小隊長會為「人糞」而神魂顛倒，小說則以「人糞巫術」解釋了復仇者為人糞迷惑之因。

大巴六九屬於知本石生系統，是一個多源組成的部落，與魯凱族的大南社、卑南族的呂家社、卑南社皆有密切淵源關係，而且「部落的Rahan（祭司）和巫術系統（temaramao）承傳的相當

---

[32] 宋龍生，《臺灣原住民史‧卑南族史篇》，頁211。

完整」[33]。巴代祖居大巴六九部落，部落的多源族群關係和巫術傳統可能是作家以詩意的想像與虛構綴補史事傳說的依據，藉由虛構與想像合理化口述傳說中的斷裂。從口述史料的選擇看來，作家仍然有自我選擇立場的一致性，也許這也是小說捨棄引發卡日卡蘭氏族南遷的竹林戰役而從人糞巫術寫起的原因。

## 五、結語

　　《斯卡羅人》一書的創作，所運用的大部分口述史料已經過了整理者串連多次、多人講述資料成一整體的情形，間或有語言轉譯所產生的出入；再加上口述資料及小說創作在依歷史時序進行下，使口述史料生成時間產生模糊化的狀況。因此，儘管作者寫作前從事了細微、謹慎的文化背景考據，但要以小說完整的呈現歷史的真實面貌仍然是值得商榷的，但對於部族傳說所顯現的思想真實意義卻是有價值的。

　　書寫對象既然是沒有文字的種族，除了口頭傳承外沒有各族史料可作為探索的依據，因而民族的口碑傳承往往就是族人的歷史，也是他們的詩、文學及生活哲學。當歷史文學化後，講述者在敘事過程中所產生的詩意想像和個人詮釋、合理虛構是無法避免的。楊南郡提及日據時期兩本重要的調查著作《原語による高

---

[33] 孫大川，〈以「文」作「史」——巴代《大巴六九之大正年間》〉，序10。

砂族傳說集》和《臺灣高砂民族系統所屬の研究》時說：

> 這兩本被譽為臺灣原住民族研究空前絕後的經典之作，就
> 像兩座矗立在沙漠中的大金字塔一樣，崇高而孤寂。75年
> 來，臺灣的原住民研究者，都知道這二本巨著，也知道裡
> 面蘊藏大量寶藏，卻無法進入一窺堂奧，更無法進一步的
> 研究，這是學術界長久以來的重大遺憾與損失。[34]

　　雖然楊氏所說的是由於對地理閱讀的障礙造成的，但是這
兩本記錄了臺灣原住民族各族複雜的系統族脈及傳說的經典之
作，對一般人而言恐怕還不只是地理上的陌生而已。巴代以卑南
族巫術連結口述歷史的寫作，試圖創作出能為讀者接受的卑南族
歷史文化書寫，實踐作為族群作家的使命。《斯卡羅人》一書的
歷史背景距離1935年最早採錄的移川大約達三百年之久，部落歷
史傳承人雖然擁有超強的記憶力，甚至可以一口氣講述七、八
代祖先的人名和事蹟[35]，但部落史事傳說往往在不同的歷史時空
中經過千百回傳述，講述者對於往事的超強背誦能力卻無法證明
為真實的歷史，況且如海登‧懷特所認為的，歷史仍然富有詩性
的結構。因此，在讓部落新一代有機會看到小說形式部落史的訴

---

[34] 楊南郡，〈譯者序〉《臺灣原住民族系統所屬之研究》，頁xx。
[35] 移川在臺灣東部調查時發現，托博閣社60歲的頭目，可以從7代前祖先講起，總
　　數達到225人；古白楊社40多歲頭目一口氣可以背誦8代389個祖先的人名和事
　　蹟。《臺灣原住民族系統所屬之研究》，頁xxiii。

求下，以小說為無文字民族寫史或可視為一種當代再現，就詹姆斯・克里弗德的銜接理論而言，「本真性（authenticity）的問題只屬次要，因為社會和文化持續的過程從最早期起就是帶有政治性質的。銜接理論認定文化形式總是不斷被造出（be made）、打破（unmade）和再造（remade）。社群有能力透過有選擇性地記取過去，也必然會重構自己。」[36]雖然在選擇、詮釋與綴補的書寫過程中，未必能真實呈現「以文寫史」的企圖，但部族傳說背後所具備的思想真實，卻仍然具有部落史參考價值。

---

[36] 詹姆斯・克里弗德（James Clifford），《復返：21世紀成為原住民》，頁77。

# 肆、
# 空間移動下的想像與認同
# ──張系國小說中「地方」意義
# 的形塑與轉折

## 一、前言

　　1944年出生於四川重慶的張系國，懵懂之年因大陸易色隨父親移居臺灣，成為外省第二代遷徙者。此行是他的第一次空間移動。國民政府遷臺後的臺灣社會聚合了不同的國民典型，有自視異鄉人以臺灣為歇腳盦[1]者，常懷故國之憂，眼眸始終回望大陸故土；有或出生或成長於臺灣的外省第二代，他們經由不同管道，隱約連結了「根」在大陸的想像，自己無法真實體會離鄉情愁，卻又無法坐視，因此選擇自我放逐至另一個異鄉；第三類型

---

[1] 1946年秋臺靜農移居臺灣，任教國立臺灣大學。他原先計畫僅在臺灣做短暫停留，因此稱居所為「歇腳盦」。王德威，〈國家不幸書家幸〉《現代抒情傳統四論》，（臺北：國立臺灣大學出版中心，2011），頁187。

則是較早在臺灣落地生根的「本地人」。張系國為成長於臺灣的外省第二代，但卻始終以臺灣為家鄉[2]。然而因為生命歷程無可奈何的變化，造就了他去國離鄉的際遇。就過程而言，無法將他歸屬於自我放逐至異鄉的一群，因此他的身分也就尷尬起來，前述三種國民典型似乎無法周延的涵蓋他的景況。

1966年前往加州柏克萊分校就讀是張系國第二次空間移動，1972年他曾經回臺灣中央研究院任職，後因臺大哲學系陳鼓應和王曉波被捕事件，奔走營救好友受牽連，不得不再度離臺到美國，從此放棄回臺念頭。縱觀他與「移動所在」產生較長久連結的空間移動大約可分成兩個階段，第一階段是1949年政治動盪下的被動式遷徙至臺灣；第二階段是1973年在半被動式下二度離開臺灣前往美國。[3]兩次移動路徑跨越大陸、臺灣及美國三個不同空間。

Tim Cresswell定義「地方」時認為，地方是「人類創造的有意義空間。它們都是人以某種方式而依附其中的空間。這是最直接且常見的地方定義——有意義的區位（a meaningful

---

[2] 他心繫臺灣的程度，遠超過一般人想像。他在臺灣買了一間小套房。每年回臺灣幾次，一下飛機，就覺得回到家了。姚嘉為，《在寫作中還鄉》（臺北：允晨文化，2011），頁180。

[3] 以半被動式解釋張系國的第二次空間移動，原因在於此時的張系國並非於懵懂無知的年紀踵隨前人腳步，而是在主動思考下的選擇。然而此主動思考卻又受限於當時臺灣的政治氛圍，可說是「不得不然」的抉擇。張系國在接受陳韋廷訪問時提到，臺大哲學系事件以後，他在臺灣無法繼續留下，警總或隱或顯的暗示著他最好離開臺灣。陳韋廷，《知識分子與疏離——張系國前期小說研究》（臺中：東海大學中國文學系碩士論文，2011），頁136。

location）。」[4]段義孚論及空間與地方時提及：

> 在經驗中，空間的意義常被併入地方的概念中，因為「空
> 間」比「地方」更抽象。……「空間」和「地方」這兩個
> 字彙必須互相定義。從地方的安全性及穩定性，我們感覺
> 到空間的開闊和自由，及空間的恐懼。反之亦然。此外，
> 我們也可以界定空間是動態的，而地方是靜止的，故當
> 每一次空間活動靜止時，便有由「區位」變成「地方」
> 的可能。[5]

　　諾柏格・斯卡爾茲（Christian Norberg- Schulz）提出場所（地
方）、路徑及範域是人類生存空間的構成要素，也是人類生存上
的實質向度：「……場所的性格必須視同與周圍互動的所得的結
果：而沒有目標的路徑可說是毫無意義；然後是最後的範域，其
機能或許較無組織，但卻和『地域（ground）』合一。」[6]范銘
如則認為：「不管從諾柏格・斯卡爾茲或段義孚的研究，地方都
是人類移動的停頓點，而且可以使停頓該處的人產生親切感和凝
聚感。這點停頓的地點滿足生物性的需求，也會變成感情價值的

---

[4] Tim Cresswell著；王志弘、徐苔玲譯，《地方：記憶、想像與認同》（臺北：群
　　學出版，2006），頁14。
[5] Yi-Fu Tuan著，潘桂成譯，《經驗透視中的空間和地方》（臺北：國立編譯館，
　　1998），頁4。
[6] 諾柏格・斯卡爾茲著，王淳隆譯，《實存、空間、建築》（臺北：台隆書店，
　　1984），頁24-25。

核心。」[7]就張系國而言，大陸、臺灣與美國都曾經是停頓點，然而其創作中卻揮灑了大部分的熱情魂縈夢繫臺灣，其筆下之「鄉」既非所來之處的中國大陸，也不是安居之美國，這樣的書寫似乎多了一層轉折的歷史韻味。

空間經由人的連結創造出其意義，因而成為對某群人具有特殊意義的區位。作為有意義區位的「地方」，在阿格紐（John Agnew，1949～）的論述中有了三個基本面向：區位、場所和地方感。阿格紐所謂的「地方感」，是指人類對地方有主觀和情感上的依附。[8]就張系國的創作時間與位置而言，下列問題是值得探討的。大陸是張系國已然錯過的空間，他的大陸經驗停留在五歲之前。這樣的空間與經驗對張而言，究竟是怎樣的存在？曾經在心理上與實踐上呈現反差的臺灣，又如何在小說敘事中屹立不搖？去國他鄉的大半美國歲月，卻始終情繫臺灣，美國是否曾經成為他複製家園的想像「地方」？本文將從大陸、臺灣、美國作為移動空間存在的視角，探討上述問題。


## 二、遠離母體的想像

「生於大陸、成長於臺灣、定居於美國、每年返臺數次」這

---

[7] 范銘如，《文學地理：台灣小說的空間閱讀》（臺北：麥田出版社，2008），頁161。

[8] Tim Cresswell著；王志弘、徐苔玲譯，《地方：記憶、想像與認同》，頁15。

樣的流動讓張系國不時自問的同一問題是：「我們這一群根植於臺灣的中國人，究竟是怎樣的中國人？我們是什麼？我們應如何安身立命？」[9]此處或可從張的家世背景觀察，他的祖父和白先勇的父親白崇禧同為桂系將領，曾任白氏的參謀長。張出生之際抗戰尚未結束，南寧岌岌可危，祖父認為國之將亡，遂為他取名「系國」，以紀念中華民國之曾經存在。這段取名緣由與祖父的軍職背景對張系國產生了濃厚的影響，他對中華民國的特殊情感在小說創作中歷歷可見，他曾經說過：「對我而言，臺灣就是中國。」[10]那麼大陸對張而言，究竟是怎樣的存在？

五歲離開大陸的張系國，對於離開情境雖然有著鮮明的記憶[11]，但如此年幼的經驗如何與在地空間連結？段義孚在〈空間、地方與兒童〉一文中提到：

> 幼童的情緒如何與地方連結在一起？美國的一年級學生可以認知鄉村、市鎮及農莊為一種單元性的地方，但對這些地方單元卻沒有很大的熱情，……對地方的感覺受知

---

9　張系國，〈書評書目版「後記」〉《讓未來等一等吧》（臺北：洪範出版社，1987），頁198。

10　姚嘉為，《在寫作中還鄉》，頁189。張系國所謂的臺灣就是中國，並非政治概念上以臺灣作為中國的附屬存在，而是心目中的中國其實就是他所在的臺灣。

11　張系國提到離開南京到臺灣的經驗時說：「……火車站人潮洶湧，我母親擠不上火車，我反而被擠上去了，嚇得大哭大叫，終於被人遞了出來，又和母親團聚了。我常想，如果當時搭上那班火車走了，不知又何光景？所以我認為人生是很難得的際遇。」張系國，〈一個作家的心路歷程〉《聯合報》，1987年4月29日，第8版。

識影響。例如知道這地方是天然的、抑是人造的、或地方的大小等基本要素。五歲或六歲的兒童仍然缺乏這一類知識……。[12]

　　或許對張系國而言，幼童時期的認知正是這樣一種「缺乏熱情」式的，這些潛藏於父祖輩心底的無限多情江山，在他的認知裡僅是記憶中「差一點與母親分離的地方」，國仇家恨對五歲的年紀而言顯得太沉重也太遙遠。如果這樣的遷徙也可以稱之為一種流亡，如果在心理層面多少存在著些許的流亡心態，應是踵隨前代思想而來。針對此種「非經驗性」一代的無根失落感，蕭阿勤認為主要緣於：「家庭中上一代的口耳相傳，以及戰後教育的國族歷史敘事。這種來自上一代與國族敘事教化的深重流亡感，可以稱之為一種『擬流亡心態』或『擬漂泊心態』。」[13]白先勇《台北人》中營造的傷逝懷舊，舊時王謝堂前燕的悲嘆，頻頻回望大陸故土的漂流者，回不去的過去，在在顯現了白先勇極致的深化前世代流亡者的切身之痛。也許我們可以如此想像白先勇筆尖流露出的歷史滄桑感，或如蕭阿勤所言，此種憂患與家國分裂之痛來自上一代的流亡思想。然而，與白先勇同屬外省第二代的張系國，筆下的大陸空間恐怕連「間接追憶的可能

---

[12] Yi-Fu Tuan著，潘桂成譯，《經驗透視中的空間和地方》，頁27-28。
[13] 蕭阿勤，《回歸線實：台灣一九七〇年代的戰後世代與文化政治變遷》（臺北：中央研究院社會學研究所，2008），頁87。

性」都搆不上。

　　小說〈地〉中的老連長、老董和趙麻子是典型的第一代離鄉背井的流亡者，然而張系國卻輕描淡寫一個裂變的大時代，大陸故土不再是這群異鄉人念念不忘的地方。老董的上海也只是他追悔年少不聽老人言，以至於落魄他鄉的存在：「我還記得小時候，我們家住上海，那時候我爸在做買賣，家裡挺不錯。……我爸把我叫到房裡，給了我一個銅板……你每年把這銅板翻個個兒。到了四十歲，就夠你一輩子喫用不盡了。」[14]又或者藉以回溯一段戰場的當年勇：「連長。那年小日本打上海……那時我是很優秀的青年呢。」[15]老董口中的上海雖也帶有幾分撫今追昔的滄桑，然而這樣的滄桑感與「身在臺北，心在過去。這種頻頻回顧的姿態，將回不去的家園和過去美化，懷舊成為許多人物生存的動力。」[16]情況顯然不同。老連長甚至想在臺灣找塊土地，居於斯。五歲差點與母親分離的清晰印象，加上父祖輩口述的大時代分裂，原可能是連結原鄉的途徑。然而對張系國而言，與其命名息息相關的南寧，竟也僅能成為追索母體的一絲想像。〈征服者〉[17]中一心想要征服南洋和日本的偉大狂想家，面對小說中有如魔咒般的「然而南寧已無敵蹤」，遂註定了尋不著戰場下必得遺忘的失敗。

---

[14] 張系國，《地》（臺北：洪範書店，2002），頁7。
[15] 同前註，頁7。
[16] 姚嘉為，《在寫作中還鄉》，頁115。
[17] 張系國，《遊子魂組曲》（臺北：洪範書店，1999），頁175-205。

〈亞布羅諾威〉中的「亞布羅諾威」是位於外興安嶺西北的一座山，來自大陸南京的地理老師如是說：「地名是人加上去的，一個人為的符號而已。讓我們直接看著那些山，那些河流吧。」[18]當固定的地理環境也只是人為的符號，「神州」、「江南」、「大漠」或「塞北」等地景意義便顯得無關緊要。浪遊者既可藉地景想像故土，自然也可藉消解地景意義遺忘歷史無可逆轉的傷痛。

　　1964年張系國就讀臺大期間，曾以與江山緣慳一面的不幸一代身分，為文喚起知識份子勇於面對歷史的失敗：

> 十五年前，大陸淪陷，有三百萬軍民渡海來臺，到現在也維持了一個小康局面。問題是，以後怎麼辦？我從不懷疑，中國將成為世界一等大國。目前的情況無疑是一個過渡局面。但可能拖得很久。我們當前的大問題是，在這一時期內我們應該採取何種的態度？是醉生夢死下去嗎？還是該勵精圖治，有一番作為？……要知道失敗並不可悲。轟轟烈烈的失敗，比苟且偷生好。讓我們面對現實，做一番「知其不可而為之」的奮鬥。[19]

---

[18] 張系國，〈亞布羅諾威〉《地》，頁57。

[19] 張系國，〈兩個值得自覺的問題〉《孔子之死》（臺北：洪範書店，1978），頁123。

他在同文又提到要「在島國上保持天朝之民的胸襟氣度，努力不懈而又能坦然接受失敗」，從自認「不幸的一代」、「保持天朝之民的胸襟氣度」等用詞看來，張想必也多少從其父祖輩處感染了一種「後遺民」[20]的悲嘆！只是他拒絕新亭對泣式的懷舊憶往，選擇面對當下。因此，上海、南寧、亞布羅諾威等早已失去的大陸座標便顯得隱晦起來。

## 三、浪遊者的美國夢

1973年張系國二度離開臺灣前往美國，其去國情境固然離不開政治色彩，卻不同於1949年國共內戰下身心流離於美國的知識分子。但在被統攝為「放逐的一代」的大時代背景下，張系國書寫中的地方與異鄉空間的形成，仍有值得觀察的社會意義與個人情懷。達比（Darby）評論哈代（Hardy）筆下的威塞克（Wesseex）時提及：

> 作為一種文學形式，小說在本質上是具有地理學的特質的。小說是藉由地點與場景、場所與邊界、視角與視野組成。小說裡的人物、敘事者，以及閱讀之際的讀者，都會

---

[20] 參考王德威，〈時間與記憶的政治學〉《後遺民寫作》（臺北：麥田出版社，2007），頁6。

佔有各式各樣的地方與空間。[21]

　　無論小說文本如何描繪作為地點、場景或場所的地理空間，在作家不同的視域與心理層面的認知下，創造了一個主觀認知下的地方，這樣的書寫表達的正是一種移動性過程所形成的人與空間的微妙關係，「文學不因其主觀性而有缺陷；相反地，主觀性表達了地方與空間的社會意義。」[22]就個人情懷而言，張系國始終自異地回望臺灣，美國空間對他而言似乎是一個「近在眼前卻又遠在天邊」的矛盾存在，因此他筆下的人物懷抱美國夢的同時，伴隨的往往卻是夢碎或夢醒異鄉。〈香蕉船〉中美元天堂和地獄的對比空間，看似殊途卻終同歸：

　　　　一條船，三分之二的船員跳了船，都是有的。能夠在紐約中國餐館打工打上一兩年，省吃儉用的人可以存下幾千塊美金，比船員強多了。[23]

　　　　黃先生，您有派司沒有？……

---

[21] Daniels, S. and Rycroft S. (1993) *Mapping the Modern City: Alan Sillitoe's Nottingham Novel's*, Transactions of the institute of British Geographers18(4): 460-80. 引自Mike Crang 著，王志弘、余佳玲、方淑惠譯，《文化地理學》（臺北：巨流圖書，2008），頁058。

[22] 同前註，頁058。

[23] 張系國，《香蕉船》（臺北：洪範書店，1976），頁8。

您真是好福氣呀！[24]

　　在東京機場隱入人叢中的偷渡客，嚮往美元天堂踏向與歸鄉逆反的旅程。但偷渡客終究沒能完成他的淘金夢。來自船公司的信件終結了偷渡客「鍍金返鄉」的可能。「……一位非法登輪的船員，在裝運香蕉時，不甚失足落入大貨艙，經急救無效死亡。死者非法登輪……」[25]在這樣的意義下，美國是「美元、綠卡」構築的夢幻空間，卻也是充滿「慾望」與「絕望」的空間。

　　地方有多種的表現形式，移民經驗中的地方便往往藉由複製類似家園以記憶原鄉。針對這樣的現象，都市史學家桃樂絲・海登（Delores Hayden，1945～）認為：「對於置身阿法貝塔城（Alphabet City）或西班牙哈林區（Spanish Harlem）的移民而言，漆上珊瑚紅、天空藍或淡黃色的住宅，讓人回想起加勒比海的膚色，並喚起對祖國的記憶。」[26]異鄉空間經由形塑與人的連結關係，創造出有意義空間，因而成為對某群人具有特殊意義的區位。〈冬夜殺手〉[27]中藉以連結故國想像的客廳，夾在兩尊銅像間的四書道貫、夜雨秋燈錄，新唯識論、鄭板橋全集等及懸掛的閻錫山照片，客廳的一隅，正翻轉著遺落在歷史的那個中國。

---

[24] 同前註，頁9-10。
[25] 同前註，頁11。
[26] Hayden D, 1995 *The Power of Place: Urban Landscapes as Public History*, MIT Press, Cambridge, MA.P.35-6. 引自Tim Cresswell著，王志弘、徐苔玲譯，《地方：記憶、想像與認同》，頁11。
[27] 張系國，〈冬夜殺手〉《香蕉船》，頁39-43。

男主人談論的紐約股市、水門案件彷彿更確定了中國的遠離。客廳與中國相關物件的「憶往性」，紐約股市與水門案件等即時話題所深化的「在地性」，兩者相互矛盾卻又互相解釋。傳統中國面貌在雪夜的客廳重展容顏，話題的在地化又似乎切斷了遙想的中國夢。最終的黑人殺手不但令男女主人公天倫夢斷，也隱喻了中國夢土無可返回的宿命。

〈水淹鹿耳門〉中的破舊旅館匯集各色人種，像是一個小型的美國大熔爐。旅館的位置本身就是一個矛盾的存在，位在城中心的便利性，但被夾在波蘭人區、黑人區和義大利人區，屬治安不佳區域。外表破舊的旅館，居其中的貧窮浪遊者，所來國度不同，卻同懷美國夢。浪遊者各自吟唱家鄉的民謠，濃厚的緬懷之情隨歌聲飄揚。俄國老教授的〈給娜它莎〉敘述出征的戰士，懷念著家鄉的愛人娜它莎，發誓要回到她身邊。[28]異族民謠對美國空間的顛覆性，使得破舊屋舍的美國象徵意義模糊化，其中來自臺灣的林欣，以一則〈水淹鹿耳門〉的歷史敘事引起俄國老教授的興趣。〈水淹鹿耳門〉是一則距離當下久遠的傳說，「命運」似乎是俄國老教授跨越時空獨鍾此則歷史敘事的原因。鄭成功利用水淹鹿耳門的契機擊敗荷蘭人，這群浪遊異鄉者的契機與命運又在何處？小說終篇俄國老教授即將面對被送往養老院，破舊屋舍中族群混雜的飄零人，兀自吟唱自己的鄉愁，此處的異空間仍

---

28 張系國，〈水淹鹿耳門〉《香蕉船》，頁68-69。

然被濃烈的鄉愁想像所制約。東尼的死亡、凱蒂的離開、俄國老教授即將面對的養老院，從破舊小旅館出走的異鄉客裂解了美國空間中的濃烈鄉愁想像，但他們能否構建出在地化的異空間地景，也許是作者試圖探問的。

《昨日之怒》以保釣運動為書寫主軸，述說著各類型處於大時代洪流中的疏離人物，那是一個臺灣浦踏入經濟建設的年代，從1960年代末到1979年進行一系列的社會建設大變革。張系國論及留學生心態轉變時，認為那是一個從「三水到一水」[29]留學生的轉變期。留學生心態的轉變與大社會的變化或有關聯，然而止不住的仍然是去國後的茫然，小說中離國七年的金理和說：「我對美國並沒有什麼留戀。可是如果回去也是混碗飯喫，甚至和別人搶飯碗，我又何必多此一舉？」[30]眾多的「金理和們」竟在這樣的思維下成為「回？不回？」的矛盾下頻頻自我質疑的一群。

《昨日之怒》中的異鄉客對臺灣有著無比的眷戀之情，卻又「回不去」，他們各自有著「回不去」的隱情，浪遊者揮不去的自我探問，「假如我愛那片土地，我為什麼要離開？假如我想念那片土地，我為什麼不回去？」[31]外，因不同原因留在美國的漂

---

[29] 指的是以前的留學生出國是為了「喝洋水」，替外國人「擠腦水」、辛苦「領薪水」；和自己國家的關係是從母社會「喝奶水」，遇挫折「吐苦水」，甚至演出家庭悲劇「賺淚水」；本身思想如「蒸餾水」純淨而無味；志氣如「硝強水」般化為青煙一縷；前途如「花露水」，稱為三水留學生。一水留學生指的是將「汗水」貢獻給國家。張系國，《讓未來等一等吧》1984，頁19-20。

[30] 張系國，《昨日之怒》（臺北：洪範書店，1979），頁35。

[31] 簡政珍，《放逐詩學：台灣放逐文學初探》（臺北：聯合文學出版社，2003），頁148。

流者，在張系國筆下卻成為永遠回不了家的異鄉魂。〈香蕉船〉中淘金不成的落海偷渡客；〈冬夜殺手〉中魂斷異鄉的華人夫婦；〈紅孩兒〉中不知所終的臺灣留學生高強；歸鄉願未成卻客死美國的葛日新等人，「魂斷」或「不知所終」暗喻著美國終究無法成為異鄉客的「地方」。

如此的美國空間是疏離的，是缺乏「地方」意義的存在，一種隱形化的地景。在此，張的異鄉之筆，始終是居於地景之外的觀者書寫。美國在其「身居於斯，卻念於彼」的認同情緒下，呈現的恰如奈波爾筆下的移民處境，一種「靠不了岸的認同、回不了的鄉園故土、釐不清的文化遺緒」[32]。

## 四、文化鄉愁的歸宿

張系國第一階段遷徙美國的前四年時間寫了六篇小說，後結集為《地》一書，該書後記提到：「離開臺灣將近四年了，一共祇寫了這六篇小說，卻越寫越迷惘。在這灰暗的世界裡不論做甚麼事都是灰暗的，寫小說也不能例外吧？」[33]從臺灣之「外」回望二十餘載歲月所居之「內」，迷惘之情或許緣於觀看視角轉換所產生的內心糾結，正如《昨日之怒》中的金理和身在美國卻感

---

[32] 劉于雁，〈跨界失落？奈波爾小說中的移民與遷移隱喻〉《英美文學評論》18（2008.12），頁121。

[33] 張系國，《地》，頁199。

嘆：「不出來，不會知道崇洋的可怕。不出來，也不會知道中國的可愛。」[34]自外反視也反思，臺灣的美醜皆成為其筆下預欲託付的濃烈故鄉情。

1960年代臺灣進入經濟及社會建設發展期，經濟快速發展，逐漸邁向工業化、商業化的結果使得「人民趨向『非人格』關係的『普遍主義』，注重數量和經濟『利益』，貶低存在本質和『立義』。」[35]農村人口移向都市，人民生活現代化，人際卻也疏離化。農村存續問題是當代作家所關注的隱憂，土地是農村的本質也是人之「根」，但在經濟成長的社會中，人心思慕快速利益，瓦解了土地與人的聯繫。《地》中的陳氏兄弟無心承繼世代傳承作為「家」之象徵的土地，「不行！你們到城裡做事，賺大錢，要我在山裡種地？……我要去城裡賺錢，娶太太，哪能在這裡苦一輩子。」[36]小說中的土地在城鄉翻轉的願景中，似乎成為阻礙邁向都市文明的絆腳石。

弔詭的是，小說不只一次提到「土地」與「根」的關係，小禹感嘆的說：「我們的根是在土地上。離開了土地，我們絕不可能生出根來。現代人的許多痛苦、失落的感覺，我覺得都是離土地太遠所致。」[37]雖然在美國一流學府讀書，或可預見未來留在

---

[34] 張系國，《昨日之怒》，頁36。
[35] 許達然，〈六〇～七〇年代台灣社會和文學〉，收入東海大學中文系編：《苦悶與象徵：六〇、七〇年代台灣文學與社會》（臺北：文津出版社，2007），頁15。
[36] 張系國，《地》，頁2。
[37] 張系國，《地》，頁39。

美國的出路，但卻始終認為：「要想生根，要想不致失落，一定
要靠近土地……」[38] 土地在此詮釋了不同對象與之對應的存在
意義。來自大陸的老連長思圖以土地複製一種精神想像的家園，
世居臺灣的陳家兄弟卻想賣掉「祖產」，遠離根之所在。此處
所彰顯的是「失根」才有「尋根」、「失根」始知「根」之重
要的自覺意圖，道盡了時代劇變中，個人面對歷史轉折所呈顯
的價值觀。

　　《棋王》則呈現一個充滿「負面」的臺北景觀，張系國藉知
識份子的現實與荒謬，批判「我的故鄉」的卑微與猥瑣。以身份
行利益之便的劉教授、電視業者張士嘉、炒股票的周培等，人人
覬覦五子神童所能帶來的利益。人性的貪婪逐步腐蝕了知識分子
的風骨，當神童神力頓失，目光遲鈍而呆滯的神童已被遺忘，埋
怨的是伴隨神童不再的金錢損失。〈領導者〉中遇事推託，事後
居功的軟弱畏縮知識份子，都是張系國振筆直書的批判對象。但
正如陳映真從魯迅《吶喊》中的批判所見出的祖國之愛：

> 我於是才知道中國的貧窮，的愚昧，的落後，而這中國就
> 是我的；我於是也知道：應該全心地去愛這樣的中國──
> 苦難的母親，而當每一個中國的兒女都能起而為中國的
> 自由和新生獻上自己，中國就充滿了無限的希望和光明

---

38　同前註，頁53。

的前途。[39]

張系國對於知識分子風骨流失的焦慮，恰恰是他對臺灣無以名之的「祖國之愛」。人性黑暗面、社會利益化的缺陷，如此的臺北都會區對於張而言，顯得既親近又疏離。然而諸如此類，看似不完滿，卻如John Updike小說中的主人公將小鎮上的污點視為感動之源：「例如有人偷偷弄壞了兒童運動場內不准通行的圍籬，鞦韆架下的沙地挖出壕溝，青草坪上踏出一條模糊的步道，無名的小丘或堤防被擦亮或堆上圓石。這些無意識地人為的日常干擾，太微賤，也太普通，甚至無以名之，但卻使我回憶童年……。」[40]張對臺灣的批判，一如余光中所言：「批評就意味著不放棄希望。只有虛無主義那種官能的走馬燈，才是灰暗的。」[41]段義孚也認為此類的卑微事件都可能是強烈地方感建立的渠道。

張對臺北（臺灣）的焦慮尚不僅這樁。1970年四名《中國時報》記者將國旗插在釣魚台，沖繩警察將國旗降下，當年外交部發言人以：「本人不擬加以任何評論」引發許多批評。臺大哲學系學生王曉波和政治系學生王順成在〈保衛釣魚台〉一文中引

---

[39] 陳映真，〈鞭子和提燈〉《父親》（臺北：洪範出版社，2004），頁11-12。

[40] John Updike, *Packed dirt, churchgoing, a dying cat, a traded car*, New Yorker, 16 December 1961, p.59.引自i-Fu Tuan著，潘桂成譯，《經驗透視中的空間和地方》，頁135。

[41] 余光中，〈天機欲覷話棋王〉，收入張系國，《棋王》（臺北：洪範書店，2011），頁5。

120　土地的詩意想像：時空流轉中的人、地方與空間

用羅家倫五四宣言中的名言：「中國的土地可以征服而不可斷送，中國的人民可以殺戮而不可低頭。」海外釣運也隨之而起。彼時加州大學柏克萊校區的同學為呼應1935年12月9日要求政府抗日的「一二九學生運動」，舊金山選擇於1971年12月29日發動遊行。[42]釣運是張系國第一次參與的政治活動，他日後曾自述：「那當然是一生不會忘記的經驗。」[43]小說《昨日之怒》正是此段歷史經驗的回顧性敘事。

　　雖然不是釣運大將，張系國強調的是，歷史背後說明了不同政治理想間仍然具備了對話的可能性，1966年張就曾經參加過中間偏左的讀書會，雖然保釣運動終究因左右分裂而各奔前程，張系國在回憶中也提及：「左傾和戀愛很像，憑的是一種感覺，一旦左傾，就有一種往事不堪回味的感覺，是非理性的。」[44]然而釣運對他的影響卻是如此深刻，以至於釣運七年後仍然激情不輟的寫下《昨日之怒》。

　　《昨日之怒》書寫了因釣魚台事件引發的歷史情緒與國族使命，使得回歸成為異鄉客再次面對與思索的提問，然而「回？不回？家」卻也是永恆矛盾的探問。如陳澤雄對於「看似愛臺灣」的葛日新提出了他的大哉問：「但我實在不太瞭解，為什麼許多

---

42 邵玉銘，《保釣風雲錄：一九七〇年代保衛釣魚台運動知識分子之激情、分裂、抉擇》（臺北：聯經出版社，2013）

43 陳韋廷，《知識分子與疏離--張系國前期小說研究》，頁135。

44 姚嘉為，《在寫作中還鄉》，頁183。

海外留學生關心臺灣的，像你這樣，竟不肯回去……。」[45]，這樣的提問超越了簡單的知識份子返鄉的抉擇，而是更廣義的思索這些身處海外的新生代猶疑徘徊中的國族回應。葛日新「你愛一樣東西，愛得越深，感情就越複雜，有時反而會恨它。愛恨交織，到最後，連自己也分不清，什麼是恨，什麼是愛。」[46]的回應，說明了回？不回？對這群海外飄零者都是艱難的。

　　白先勇在一種歷史即將走完的焦灼感下書寫五、六〇年代「身在臺北，心在過去」[47]的臺北人，張系國則自海外深情回望七〇年代的臺北人。現代化的臺北儘管冷酷無情，對張而言依然是1966年前住居的「地方」，也是1973年後海外遊子的「夢土」。恰如《黃河之水》中的詹樹仁雖恐懼卻不得不承認文明的魅力：「不能確定他是否喜歡這個城市，他甚至對它有一種莫名的恐懼，但他逐漸發覺他無法擺脫這城。他絕不可能像喜愛小鎮一樣的去喜歡這城的一切，它有太多的罪惡，但是……它也有它的魅力。」[48]在現代之所以為現代的信念下，無論臺北或小鎮各自展現出一種吉光片羽似的存在價值：「妳知道，那個小鎮實在很平凡，也說不上有甚麼美麗。我認識的那些人也都是微不足道的小人物，在哪兒都可以見著的。但是我仍舊渴望著回去。」[49]

---

[45] 張系國，《昨日之怒》，頁50。
[46] 同前註。
[47] 姚嘉為，《在寫作中還鄉》，頁115。
[48] 張系國，《黃河之水》（臺北：洪範書店，2004），頁96。
[49] 張系國，〈地〉《地》，頁14。

李明心中的平凡小鎮，一如段義孚所言，「家鄉是親切的地方。它可能很平淡，沒有特殊的大建築物，也沒有歷史的魅力，然而我們憎恨局外人去批評它，它的醜陋沒有關係⋯⋯」[50]《衣錦榮歸》中的衣錦榮對故鄉傾其生命似的眷戀恰如張對臺灣的戀慕之情：

> 他很難形容對這個城市的感覺，一方面他一年到頭都在外面跑，似乎並不需要回來。但是另一方面，他對這城市的感情又無比深厚。⋯⋯這城市幾乎是他生命的全部。⋯⋯沒有人能說出這城市有什麼美，的確它一點也不美。可能在外人眼光裡它是很平凡的城市，⋯⋯但是他能數得出這城市許多優點。[51]

　　長居海外的張系國對臺灣所產生的強烈地方感，或因距離而生。像家一樣，當我們身處其中，眼界無法觸及的平凡佔滿視域，太靠近而失去知覺，甚至忽視存在。離開臺灣後的張系國回望臺灣，無論美醜都是海外遊子夢土的歸宿。

---

[50] i-Fu Tuan著，潘桂成譯，《經驗透視中的空間和地方》，頁137。
[51] 張系國，《衣錦榮歸》（臺北：洪範書店，2007），頁88。

## 五、混雜、融合與創新的「臺客」

　　張系國曾經一度以為中華民國要亡國了，於是構思民生主義系小說[52]。民生主義系列小說在其憂心國之將亡及國歌和國旗歌面目全非下完成。2002年開始書寫完成於2007年的的民生主義系列，仍然散發著濃厚的國族況味。張系國關注了族群移動下創造性空間的類同性，中餐館總開在鬧街旁的窮巷，羅馬、匹芝堡、芝加哥餐館中共同懸掛的美女月曆，他在《食》書（原名大法師）開篇〈大唐英雄傳緣起〉寫道：

> 把各種政治口號和族群標籤都除去，中國人真正共通的唯有這個了。……現在提中國人臺灣人華人乃至漢人都有人持異見，講大唐英雄們的故事，雖無忠孝節義可歌可泣的情節，卻有飲食男女酒色財氣的殷鑒，政治不十分正確亦無傷大雅，是為大唐英雄傳緣起。[53]

　　《食》書為民生系列的首部，自祖父以為國之將亡為其命名「系國」，歷經半世紀以上的歲月，在大西洋彼岸再一次面臨亡

---

[52] 民生主義系列小說包括食、衣、住、行、育樂五書，內容除小說外，包含了旅行書、食譜、感應地圖等。

[53] 張系國，《張系國大器小說：食書》（臺北：洪範書店，2002），頁13。

國的危機意識。超越半世紀，「華人」的移動已遍及五湖四海，卻各有其背後的國族認同。「大唐」是一個已然逝去的盛世，大唐英雄故事或可來到當代扮演和事佬。然而對張而言，臺灣始終是那個無可替代的故園。

《衣》書（《衣錦榮歸》）中的主要人物衣錦榮的名字便賣弄了一個國族隱喻似的玄虛，「衣錦榮」無「歸」，無法「衣錦榮歸」的結果就是「無歸」。在公寓小巷尋找魯肉飯、魚丸湯及播放老歌的衣錦榮，藉此試圖記憶屬於他的「家」，然而如他的疑惑：「但是我感覺到的現在其實是別人的過去，那麼現在是否根本不存在？或只是我個人記憶的重現？」[54]小說中的衣錦榮是五〇年代初隨父親輾轉經香港來到臺灣的的外省第二代，經年累月都處奔波，但他始終認為臺北才是他的家。張在《衣》書前言寫道：

> 人不過是城市穿的衣裳上的裝飾品而已。……但是如果沒有衣裳和裝飾品，城市就無法彰顯其尊貴榮華。我們讚美一個城市、所歌頌的究竟是什麼？我們無法忘懷的城市，不能磨滅的記憶究竟是什麼？人們衣錦榮歸回到故鄉的城市，或許城市也會衣錦榮歸回到人們共通的記憶裡……[55]

---

[54] 張系國，《衣錦榮歸》，頁48。
[55] 張系國，〈前言〉《衣錦榮歸》，頁11。

也許這就是儘管部分學者認為在大眾傳播、增強的移動力及消費社會三種成因加速世界同質化下，地方依附感變得相當薄弱。但正如作家李帕德（Lippard）指出：「地方影響力」仍舊在我們所有人身上運作，因為「心理的地理成分有必要歸屬某處，這是普遍疏離的解藥」[56]。地方的影響力也許是一種根深蒂固存在記憶中的刻痕，人們在每一次回憶中產生強烈的滿足感，並以此醫治了疏離之病根，張系國正是在此種歸屬感下，選擇以寫作追尋心目中的原鄉──那個無可替代的臺灣。

　　張系國於2008年出版的雜文集《帝國與台客》中以「臺客」自許，臺客「可能是臺灣的本省人，也可能是台灣的外省人或外省第二代，又可能是生長在臺灣卻在外地或中國大陸旅居的人。」[57]在此種理解與詮釋下，「臺客」呈現了一種文化混雜與融合的包容性新意。


## 六、結語

　　Mike Crang認為文學在塑造人群地理的想像方面，扮演著核心角色，不同的書寫模式也表達了與空間及移動性的不同關

---

[56] Lippard L. 1997 The Lure of the Local: Senses of Place in a Multicultural Society, The New Press, New York.p.7.引自Tim Cresswell著，王志弘、徐苔玲譯，《地方：記憶、想像與認同》，頁83。

[57] 張系國：《帝國與台客》（臺北：天下雜誌，2008），頁006。

係。[58]張系國大部分的作品完成於1966年離開臺灣後，如此的創作時間與位置，形塑了其書寫中的「臺灣」意義。

六○年代中期，前往美國的張系國，自海外回望臺灣，深化對臺灣本土認同的原因，可追溯其去國之前與臺灣的綿密情感繫連。段義孚闡釋人之遷徙與地方經驗關係時，提出：

> 地方的經驗和時間的遷流的關係必須依人的生命週期來考量，兒童對世界的感性比成年人強，這是一個原因說明成人為什麼不能夠再一次回「家」，這也是一個原因說明為什麼在別國成長的歸化入籍國民對國家的看法不能像土生國民一樣。[59]

五歲遷徙臺灣至二十二歲留學美國，張對臺灣的地方感性強過大陸江山，以是臺灣遂成為心靈底層永恆的家鄉。因無以體會父祖輩的「祖國」所產生的歷史疏離感，令其無法以書寫回溯一個自身未曾經驗的「故國山河」，即便那是父祖輩幾度夢迴的家園故土。故國地景的符號化，揭示了被遺忘的過去無以復返的無可奈何。他的筆下沒有召喚回憶的「霞飛路」，也沒有「百樂門」，而是兀自藉土地尋根的老連長和悄然掩至的變貌臺北城以及一群載滿返鄉期待卻又近鄉情怯的海外遊子。大陸空間對他而

---

[58] Mike Crang著，王志弘、余佳玲、方淑惠譯，《文化地理學》，頁058。
[59] i-Fu Tuan著，潘桂成譯，《經驗透視中的空間和地方》，頁179。

言，是一個消解的過去與不必存在的記憶。

　　1966年初到美國，1971年逢美國釣運的風起雲湧，也許如他所言：「一個民族面臨強烈內外挑戰的時候，往往會產生回歸的潮流。這種回歸母體的衝動，無疑是人類最自然的情感反應之一。」[60]1972年張系國回臺灣任職，一年後因為政治因素再度離開臺灣，他自言身雖遠離台灣卻始終不變對臺灣的情感執著。雖然不同於鄉土作家們的鄉愁是一種「……當作家被從他所摯愛的土地上連根拔起、而且理解到他失去了追本溯源的可能，他才能強烈地體會到鄉愁的滋味。」[61]但遠離熟悉的土地與人事，一如魯迅所認為的鄉愁於焉產生。釣運引發的國族情緒交織著對臺灣的濃烈地方感，張系國書寫了一群心態上無法以美國土地為「根」之所在，卻又「回不去」的異鄉客。從大唐英雄到臺客，華人的世界舞台因而有了連繫，然而對張系國而言，臺灣仍然是那個既溫暖且明亮，令人留連忘返的美麗鄉土。

---

[60] 張系國，〈浪子的變奏〉《讓未來等一等吧》，頁112。
[61] 王德威，《茅盾，老舍，沈從文寫實主義與現代中國小說》（臺北：麥田出版社，2009），頁343。

# 伍、

# 「異」鄉「原」位——〈安汶假期〉、《老鷹，再見》中移位、易位與錯位的鄉愁[*]

## 一、前言

　　有關離散的討論，從離散現實而言，是一種與國家、社會發展息息相關的現象。就個人與種族而言，是一種歷史脈絡下的衍生情境。但不同主體的離散差異，也引發了當代源自祖輩離散事實下的不同結果，離散現實造成的結果可以從「花果飄零」到「開花結果」；從「落葉歸根」到「落地生根」到「開枝散葉」[1]。不同離散主因造就不同的情境，甚至過程的曲折迂迴顯

[*] 本文為科技部計畫編號107-2410-H-259-069部分成果，初稿發表於《第三屆文化流動與知識傳播——臺灣文學與亞太人文的在地、跨界與混雜國際學術研討會》（臺北：國立臺灣大學臺灣文學研究所，2018年9月），感謝會議評論人浦忠成教授及兩位審查委員專業的審查意見。論文完稿過程美國哈佛大學中國文學與比較文學Edward Henderson講座教授王德威及新加坡南洋理工大學張松建教授提出批評與建議，使本論文更臻完善，一併致謝。
[1] 李有成，《離散》（臺北：允晨文化，2013），頁37。

現了並非自始至終的一致現象。也就是，個體在時空流轉中，有可能是一連串空間置位過程的指認，既是對既有空間的接受也是關於象徵空間的創造或接受。阿帕杜萊（Arjun Appadurai，1949～）擴大安德森（Benedict R. O'Gorman Anderson，1936-2015）「想像共同體」的理念，他認為散布世界各地的個人與群體，基於歷史的想像所建構出想像世界。[2]而本文認為這樣的想像，事實上更趨近於一種象徵空間的生成，無論個人或群體在以歷史的想像為基礎下，有意義的象徵空間於焉形成。這個象徵空間可以跨越時空來到眼前，進而引發看似流逝的「原位」想像與落實。

〈安汶假期〉與《老鷹，再見》分別為新加坡作家謝裕民與臺灣排灣族女作家伊苞的創作，兩部作品皆涉及了個體在時空流轉中的身分認同意識探討，無論是華人移民的流動或原住民族在各種不同歷史社會變動情境下的移動，流動主體在歷時甚長的轉易／轉裔過程下，原鄉意義為何？原鄉何在？成為小自個人大至族群的大哉問！兩類不同流動主體敘事文本中的個人或族群涉及了不同景況的離散現實，即便部分符合不同學者對離散的定義，但其中的複雜程度卻很難以一種模式歸納，如威廉·薩法蘭（William Safran）認為離散的特點為從中心到邊緣的散居，家國記憶和神話，在東道國的疏離感，渴望最終回歸，進行式的對家

---

2　Arjun Appadurai, *Modernity at Large: Cultural Dimension of Globalization*. (Minneapolis and London: University of Minnesota Press, 1996), p.31.相關論述參見李有成，《離散》，頁37。

國的支持。[3]〈安汶假期〉中的家族世代離散情境各不相同,其中經過了不同的轉折過程,有關離散情境下所衍生的家國記憶或渴望回歸的說法,並不能用以詮釋所有的移民心理。《老鷹,再見》中的臺灣原住民族在社會歷史脈絡下,長期被主流社會忽視,則因而部分呈現了在「東道國」的疏離感等特點。本文擇取關於兩類不同流動主體的敘事文本,藉此探討依附於現實的空間意象如何跨時空轉化為歷史現場,對轉易/轉裔主體產生作用。

## 二、藏在歷史的鄉愁

〈安汶假期〉作者謝裕民以小說之筆「虛構」了一個既是根源也是路徑之鄉安汶,文本內容曲折複雜,道盡了十八世紀以來華人的南洋遷徙史。中國東南移民海外自十八世紀已蔚為風潮,幾世紀以來,流寓異鄉的華人在種種歷史情境及世代轉移的蛻變下,形成了王德威所言的移民、遺民、夷民及後遺民幾種不同心理認知上的「民」。[4]

唐山子民,渡海南行。是近兩百年來華族遷徙史的重要轉

---

[3] William Safran, "Diasporas in Modern Societies: Myths of Homeland and Return," Diaspora: A Journal of Transnational Studies 1/1 (Spring. 1991): 83-99. 相關論述亦可參見張松建,〈家國尋根與文化認同:新華作家謝裕民的離散書〉,《清華中文學報》12(2014.12),頁427。

[4] 有關「移民」、「遺民」、「夷民」之「三民」主義論述可參考王德威,《跨世紀風華:當代小說20家》(臺北:麥田出版社,2002),頁417-418。

折。因為政治或經濟的理由，移民遠走他鄉，意味著文化政治命脈的連根拔起，以及語言、敘事機能的另起爐灶。弔詭的是，行走天涯海角，移民逐客遙念故國母語，每每生出更強烈的追本溯源的動機。其極致處，當故國的一切已經改朝換代，海外的追隨者反而因為時空睽違，成為有意或無意的（文化與政治）遺民。[5]

此處說明的是，一種歷經時空看似連根拔起卻衍生出更強烈正本溯源的「遺民」情懷。然而，在時過景遷下，「遺民情懷」卻並不一定是改朝換代、家國不再下的「孤兒」心態，即便是歷經幾代移民後的落地生根，也可能產生一種想像的鄉愁，此種「遺民情懷」何由生成？成為可探討的命題。

康有為（1858-1927）、丘逢甲（1864-1912）、邱菽園（1874-1941）等現代中國第一批離散知識份子的流寓他鄉，在感時憂國下，的確產生了「朝代的──也是時代的──遺民姿態」[6]，然而幾代後生於斯、長於斯的「名義上的移民」，是否仍然糾結於此種以懷鄉者自居的情懷？晚明士人徐介（1626-1698）曾有「遺民不世襲」[7]的想法，彼時他對於仕新朝的後世

---

5　王德威，《跨世紀風華：當代小說20家》，頁417-418。。
6　王德威，〈開往南洋的慢船〉，收入高嘉謙，《遺民、疆界與現代性：漢詩的南方離散抒情（1895-1945）》（臺北：聯經出版事業公司，2016），頁4。
7　錢穆（1985-1990）在《中國近三百年學術史》中提到「徐狷石所謂『遺民不世襲』，而諸老治學之風乃不得不變。」錢穆，《中國近三百年來學術史》，（臺北：臺灣商務印書館，1983），頁2。

子孫看法是：「吾輩不能永錮其子弟以世襲遺民也，亦已明矣。然聽之則可矣，又從而為之謀，則失矣。」[8]朝代更始，移民後代是否仍然（必須）保持「家國記憶和神話，在東道國的疏離感，渴望最終回歸，進行式的對家國的支持」[9]的遺民情懷，顯然早已受到挑戰。徐介「然聽之則可矣，又從而為之謀，則失矣。」正是一種立場各表的陳述，物換星移下的「現實」，還有一種「不見為淨」的弔詭。然而，更弔詭的是「不要求」遺民世襲，遺民心態卻「可能」跨越時空來到，形成一種「後遺民」[10]現象。阿麗森・蘭斯伯格（Alison Landsberg）曾以義肢記憶（Prosthetic memory）解釋在大眾文化時代下所產生的新型大眾文化記憶，強調即使在現實生活中未曾經歷的歷史經驗，仍可能經大眾媒體的再現而形塑某種文化記憶。[11]此種斷裂式的、義

---

8  〔清〕全祖望，〈題徐狷石傳後〉，《鮚埼亭集外編二》卷30，《續修四庫全書》，冊1429，（上海，上海古籍出版社，2002），頁51-52。其中有一段記載：「馮山公集中有《徐狷石傳》，吾友王瞿多所不滿，請吾更作。予以馮庫略具首尾，亦足資攷證，若瞿所訪得軼事，可別志之傳後也。瞿曰：『狷石嚴事潛齋，其後潛齋亦畏狷石。』嘗一日過潛齋，問曰：『何匆匆也？』潛齋答曰：『主臣！以兒子將就試耳。』狷石笑曰：『吾輩不能永錮其子弟以世襲遺民也，亦已明矣。然聽之則可矣，又從而為之謀，則失矣。』於是潛齋謝過，甚窘。」相關論述可參考錢仲城，《問思集》（上海：上海古籍出版社，2001），頁210。
9  張松建，〈家國尋根與文化認同：新華作家謝裕民的離散書寫〉，頁427。
10 「後遺民」一詞是王德威的學術發明，「所謂的『後』，不僅可暗示一個世代的完了，也可暗示一個世代的完而不了。而『遺』是遺『失』──失去或棄絕；遺也是『殘』遺──缺憾和匱乏；還同時又是遺『傳』──傳衍和留駐。……如果遺民意識總已暗示時空的消逝錯置，正統的汰換遞嬗，後遺民則變本加厲，寧願更錯置那錯置的時空，更追思那從來未必端正的正統。」王德威，《後遺民寫作》（臺北：麥田出版社，2007），頁6。
11 Alison Landsberg, Prosthetic Memory: The Transformation of American Remembrance in the Age of Mass Culture. New York: Columbia University

肢式的族群想像正可以說明離散與經驗的分離性，並不一定親身經歷才會生成離散感。〈安汶假期〉或可做為討論此種弔詭現象的案例。

雖然〈安汶假期〉文本內容與作者親身經歷無直接關係，但一如張松建針對謝氏各時期創作的觀察，從其不同階段的創作生涯中得以見出「他對離散與文化認同的思考有起伏變化、複雜多元的面影」[12]，這樣的思考與作家本身出生於新加坡，祖籍廣東，成長於戰後與獨立前，且為末代華校生的背景不無關連，他就是一個「新加坡」的「華人」，祖輩卻是「中國」的「中國人／華人／廣東人」，所居的新加坡又經過聯邦離合的複雜性。

小說以兩條跨時空脈絡敘述了一個家族的複雜遷徙史，定居於新加坡的一對父子因著一封書信而展開尋根的使命。此朱姓家族的十世祖在朝代更迭之際，棄新朝而渡海欲投奔在臺灣的鄭成功，不料一場風暴，十世祖漂流至安汶，自此造成了一整個家族混血、根的轉移與尋根的複雜歷程。謝裕民此作可說挑戰了本質主義的文化認同，同時針對文化認同的開放與動態有更多的思辨線索。然而無論是要將「文化認同視為固定不變之物，超越時空的存在」的本質主義，或者把文化認同視為「不但是一種『存在』（being）的事物而且是一種『生成』（becoming）的事物，

---

Press, 2004, p. 31.

[12] 張松建，〈家國尋根與文化認同：新華作家謝裕民的離散書寫〉，頁431。

它屬於過去，也一樣屬於未來。」[13]而從歷史、文化和權力作用進行思考，在這樣的一種複雜脈絡中，〈安汶假期〉的論述面臨著一種看似與傳統遺民情境脫節，卻又無法脫鉤的後遺民情懷。論者認為小說中的男主角從一開始對尋根的看熱鬧心態，直到尋根安汶回返「趕上東南亞金融危機，回首如夢往事，甚至懷疑安汶究竟在哪裡。毫無疑問，他是一位如假包換的後遺民」。[14]然而，後遺民的生成有多種途徑，新興國家的新加坡青年，如何在不識「歷史」愁、歷史需要惡補的情況下，竟然成為「被」歷史（或祖先）召喚的「後遺民」？

前往安汶尋根前，主角對歷史一無所知，但惡補的歷史（臨行前主角的父親為他惡補歷史）讓他在安汶的空間轉換下有了不一樣的心緒，十世祖彷彿跨越時空而至：

> 不知道那個想去投靠鄭成功不成的十世祖，初次踏上這片土地心緒如何？悲痛？恐懼？倦餓？失望或瘋狂？還有，他跟誰同來？家人還是志同道合之士？如果是家人，同來的親戚呢？如果是隨好友志士一起來，安汶島是不是還可以找到他們的後人？[15]

---

[13] 有關斯圖亞特・霍爾（Stuart Hall，1932-2014）所提出的文化認同的兩種定義方式可參考Stuart Hall. "Cultural Identity and Diaspora," in Jonathan Rutherford, ed., Identity: Community, Culture, Difference (London: Lawrence & Wishart, 1990), pp. 225-226.

[14] 張松建，〈家國尋根與文化認同：新華作家謝裕民的離散書寫〉，頁448。

[15] 謝裕民，〈安汶假期〉，《重構南洋圖像》（新加坡：Full House

事實上，連續問號已然在無形中聯繫起跨越十代的鄉愁。鄉愁可以緣於親歷的，也可以是聽來、讀來的，也可以是一種突然而至的地方感性所生成。管道各異，流向自然各奔。當主角步上祖先舊時路，想像著十世祖踏上安汶的心緒以及國姓爺功敗垂成的史事，顯然惡補的歷史如酵素般發揮了效用，這些曾經舞動於歷史舞台上的人物，成為主角糾結於臺灣人、廣東人及新加坡人的迷惘所來！

　　史書美論及華語語系的存在時提出「語言」是關鍵，她認為移民在遷徙過程中從移居地帶出的「地方語言」與在地語形成混語（「克里奧爾語化」（creolized））的情況下已經形態各異[16]，她進一步說明：

> 華語不同程度的「克里奧爾語化」，以及徹底放棄任何與中國相關聯的祖宗語言的現象也存在著。因此，「華語語系」的存在取決於這些語言多大程度上得以維續。如果這些語言被廢棄了，那麼「華語語系」也就衰退或消失了；但是，其衰退或消失不應作為痛惜或懷舊感傷的緣由。[17]

---

Communications，2005），頁64。

[16] 史書美，《反離散：華語語系研究論》（臺北：聯經出版事業公司，2017），頁38。

[17] 同前註，頁39。

作者提出華語語系概念目地之一便是強調「離散有其終時」，她認為：

> 當移民安頓下來，開始在地化，許多人在他們第二代或第三代便選擇結束這種離散狀態。對於移民前的所謂「祖國」的留戀通常反映了融入本土的困難，不管是自覺的還是不自覺的。……強調離散有其終時，是堅信文化和政治實踐總是基於在地，所有人理應被給予一個成為當地人的機會。[18]

　　從華語語系的存續必要性到移民理應（有權利）成為當地人，史氏作為論述的依據是幾代後的移民在遺民不世襲的必然發展下，自當選擇終結離散。其中的先驗論述自有其歷史發展過程中的可能性但非必然性，即使語言衰亡或消失，其他精神或物質文化的遺留仍然可能建構起跨時代的鄉愁。

　　小說中留在安汶一脈的朱氏家族，從十世祖謹守故國文化之思，到了自稱鳳陽朱姓、聲類京腔、「國土鄉音，還有祖宗族譜，必對兒子口傳心授，不敢忘本。」[19]的第六代祖先對闕名說：「故人遠道而來，鄙人竟然不知」。[20]他稱闕名為「故人」，然而

---

[18] 同前註，頁47-48。
[19] 謝裕民，〈安汶假期〉，《重構南洋圖像》，頁61。
[20] 同前註，頁60。

何「故」之有？闞名所來處是朱未曾踏上的土地，甚至家族幾代以來已生根安汶，其對故土的懷念停留在祖輩口授心傳的明代而不知有清一朝，自然在他的國族想像中不會了解祖輩遠移他鄉正是因為「故」國不再。從歷史更迭的角度而言，故人、故土皆已成過去，但世代飄移他鄉的移民，因為祖傳的寶物傳承了幾代的遺民情懷而無論朝代，因此留著長辮子的闞名坐實了他們對故國的懷念。其中的弔詭與矛盾顯而易見，十世祖棄新朝而遠離、鄭氏功敗垂成標誌了一個懷想對象與時代的結束。但朱姓後代子孫卻對當初祖輩離棄的朝代產生了抽離時空的鄉愁，而有了故國情懷的歸屬感。到了萊伊伯父則謹守祖物的傳承，卻不明白為何華人的東西是「祖物」？其中盤根錯節的不僅僅在於家族支脈所衍生的複雜性，還在於不知所歸為何的國族情懷。

從前述的移民家族發展脈絡可以得知，直到第六代祖先體現的仍然是較為偏向本質主義式的認同而堅守故國文化，到了萊伊伯父雖謹守祖物卻不解其意，但知必定相傳於後代。萊伊伯父對祖物的傳承，是文化認同上的延續性，但不明其意涵為何，則又是一種文化認同上的斷裂。雖然不同世代的移民都體現了一種如Stuart Hall所謂的文化認同的雙重性，[21]但仍然有漸層次的差別。第六代祖先對國土鄉音，祖宗族譜必口傳心授，不敢忘本，甚至為了延續故土香火而將兒子託付闞名帶回中國。萊伊伯父則已不

---

[21] Stuart Hall所指的文化認同的雙重性一是文化的相似性和延續性，一是文化的差異和斷裂。Stuart Hall, "Cultural Identity and Diaspora," p. 236.

明白華族歷史，甚且質疑華人寶物為何是祖物？可見「華人」的認同概念已經產生了變化，小說中的父親以土法煉鋼方式尋親，尋親過程就是找尋「華人」，但他們所尋到的華人最好的情況只懂得寫出姓氏或略說華語。

此種發展似乎符合史書美針對華語語系消長的推論，總有一天華人後代移民「不通」華語，或者如小說中的主角雖通華語但對家族歷史茫然不知。以此論斷幾代後的華人移民從祖源認同轉移為在地認同的必然性，似乎合情合理。然而，移民認同的複雜性即在於一觸即發的隱密細微處，當新加坡父子終於尋得安汶家族時，面對歷史現場的情緒正可以詮釋此種幽微的轉變。當主角來到所謂的歷史現場：

> 我只知道我很感動——我從不輕易用這兩個字。看著文物，證實自己跟這裡的一切都有關聯，一時像迷了路，不知從何開始，又像小孩進入玩具店，興奮得忘我……。[22]

而主角看到父親：

> 只見他呆呆的立著，像面對巨大的困惑或暫時失去記憶，緊接著——向牆上的古肖像鞠躬，然後想到還有我在場，

---

[22] 謝裕民，〈安汶假期〉，《重構南洋圖像》，頁104。

拉了我一起敬禮。之後每拿起一件古董，都轉過頭看我一眼，像在告訴我：看！這就是祖先留下來的。[23]

　　載於文字的朱氏家族遷徙歷史，提供了出生於中國的父親對尋根的浪漫想像，古衣冠畫像、古劍、金爵等文物則落實了祖先實存於安汶的事實。對於主角而言，這是他所說的「回到歷史現場的感動」。弔詭的是，執著於尋根的父親，卻在獲得證實後急於離開，主角說父親在現代化都市虛構一個故事，但故事證實後，現實破壞了他的虛構，於是急於離去以保留真實的虛構。[24]是甚麼樣的現實破壞虛構？亂葬崗式的祖墳？不知華人文物為何的「親人」？還是想像的鄉愁落實後瓦解成一種弔詭又矛盾的存在？然而歷史現場生成的魔魅之處正在於此，父親因為文字而衍生想像的尋根衝動，卻因為歷史現場而逃離。兒子卻因歷史現場而生成一種奇幻的感動，並在新加坡現代都市的二十五樓，遙想十世祖的惶恐與絕望心情。

　　不知改朝換代的安汶家族依舊遙祭明朝祖先，在現實空間上架構一個抽離的空間與虛構的時間安置國族意識，兀自憑弔故國與文化，並且世代相傳。然而日久月深，此種抽離的國族意識漸漸隱入千變萬化的現實中，只有物質遺留物成為追憶與發明所來處的依據。由此，歷史成為隱藏與過度鄉愁的「地方」。然而藏

---

[23] 同前註，頁104。
[24] 同前註，頁127。

在歷史縫隙中的鄉愁，會在不同時機下出現，有時令想像幻滅，有時又衝動的勾起義肢式的想像。主角懷疑闕名虛構了一則〈南洋述遇〉，他們又虛構了安汶，安汶的真實是屬於萊伊伯父的，而作家也虛構了〈安汶假期〉。高嘉謙述及新加坡華文作家二十一世紀家國書寫的另一種反思時，借用了謝裕民出版於2007年《謝裕民小說選》一書的封底文案[25]，認為其中所寫的不無「指向了華人民族意識和文化情結的召喚，華文寫作在新加坡的基本道義和使命感。」且此印象大部分來自2005年出版的《重構南洋圖像》。[26]收錄於該書的〈安汶假期〉以清代遊記〈南洋述遇〉為本進行故事串聯改寫，這多重虛構背後的真實，可以說作家在某種程度上試圖重構「他的」南洋華人移民史。

## 三、兩地鄉愁

臺灣原住民族過去「族群內部也因資源爭奪等因素產生對峙關係，因此部分部族遠離故土遷徙他處。頻繁的獵場爭戰造成部族的離合聚散，部族經過遷徙再遷徙……。」[27]，早期族群的遷

---

[25] 《謝裕民小說選》封底文案寫道：「勾起他們對自己的共同情感——對華語和華文文化的懷念，激起他們為捍衛華語，捍衛本土文化，捍衛各民族的團結而努力的意識。」謝裕民，《謝裕民小說選》（香港：明報出版社，2007）。

[26] 高嘉謙，〈城市華人與歷史時間：梁文福與謝裕民的新加坡圖像〉，收入鄭毓瑜主編，《文學 典範的建立與轉換》（臺北：臺灣學生書局，2011），頁510。

[27] 劉秀美，〈日治時期臺灣賽德克亞族祖源敘事中的根莖流轉脈絡〉，《成大中文學報》60（2018.03），頁7。

徙多起因於內部的征戰與尋求土地資源有關，然而在生態大自然資源的尋求過程中，臺灣原住民族自有其族群認同的出路，由遷徙過程形成的祖源敘述的轉移可藉以觀察此現象。[28]因此，此種生存因素造成的離散現實與下文所論述的離散，遂有了意義上的差別。

一如黃心雅針對美國原住民族雅葵族作家安綴姿（Anita Endrezze）回憶錄《擲火向陽·擲水朝月》的研究，[29]臺灣原住民從十七世紀以來幾經政權更易，也曾面臨如雅葵族的被迫遷徙，而造成現實的與心理的離散。[30]然而，除上述的被迫遷徙造成家園不再的景況，在當代都市化結構與部落生活的拉扯中，臺灣原住民族因而生成另一種「原鄉離散」[31]問題。本節以排灣族女作

---

[28] 有關臺灣原住民族盤根錯節的祖源敘述可參考劉秀美〈日治時期臺灣賽德克亞族祖源敘事中的根莖流轉脈絡〉，本文所論雖然僅及於為分族前的泰雅族，但適用於理解臺灣原住民各族早期族群間的互動流轉狀況。

[29] 黃心雅，〈原鄉離散：安綴姿的自我種族誌《擲火向陽·擲水朝月》〉，收入李有成、張錦忠主編，《離散與家國想像》（臺北：允晨文化，2010），頁363-392。

[30] 如霧社事件後日本殖民政府為方便管理，強迫賽德克族離開祖源地，Tgdaya（德克達雅）群於1930年霧社事件後，生還者遭日本強制遷往「川中島」，今仁愛鄉互助村清流Gluban（谷路邦）部落；1936年日本人興建萬大水壩，將十二社中之Paran（巴蘭）、Qacqu（卡秋固）、Tkanan（度卡南）社遷往川中島對岸之Nakahara（中原）社，今仁愛鄉互助村中原部落。臺灣總督府臨時臺灣舊慣調查會著，中央研究院民族學研究所編譯，《臺灣總督府臨時臺灣舊慣調查會蕃族調查報告書：第四冊》（臺北：中央研究院民族學研究所，2011），頁13。小林村平埔族，在明鄭時期，面對漢人墾植而遷往玉井、楠西、南化等地，西來庵事件後又被迫遷徙甲仙、六龜、杉林等處。不料近代八八水災又為族人帶來面對苦難遷徙舊事的痛苦回憶。

[31] 借用黃心雅有關雅葵族的研究。「原鄉離散」此處意指原鄉（部落）異地化的困境。

家德拉凡‧伊苞的《老鷹，再見》作為討論文本，從原鄉、在地認同／鄉愁、放逐／自我放逐等視角審視其間的複雜層面。

　　《老鷹，再見》為作家敘述自身參與西藏轉山行之作，文本就書寫表層而言，為一位排灣女子的西藏旅行記敘，但在其針對「死亡」的敘事中，彷彿有著部落消亡的隱喻。雖然九十年代部分臺灣原住民作家已跳脫後殖民書寫情境，以文學作為重返部落之途徑，[32]然而這樣的轉變，事實上歷經了一段漫長的自我認同的過程，且因世代不同而有異。《老鷹，再見》值得注意之處在於敘述者在前往異文化的旅程中，衍生了移位／易位／錯位的鄉愁與回歸。七十年代，臺灣社會經濟快速發展，原住民族傳統社會結構隨之崩潰，文化規範受劇烈震盪。許多原住民青年湧入都市，落入物質主義的價值觀。[33]族人離開部落往平地工作，物質生活的變化、新的價值觀，同時面臨著自我認同與融入漢族社會的問題。此處潛藏的弔詭還在於何為原鄉？

　　布農族作家拓拔斯‧塔馬匹瑪（漢名：田雅各）的經驗與創作，或可作為討論伊苞西藏行中所觸及的「認同」問題。拓拔斯曾經提過，大學期間周邊漢人對於原住民有著很深的誤解，因此他寫作的目地之一是「想藉文字使不同血統，文化的社會彼此認

---

[32] 1990年代以降，如布農族霍斯陸曼‧伐伐《玉山的生命精靈》（1997）、《那年我們祭拜祖靈》（1997）；泰雅族里慕伊‧阿紀（Rimui）《山野笛聲》（2001）；排灣族亞榮隆‧撒可努（Sakinu）《走風的人》（2002）、《山豬‧飛鼠‧撒可努》（2003）等皆隱含著一種返根書寫的意圖。

[33] 童春發，《臺灣原住民史：排灣族史篇》，（南投：臺灣省文獻委員會，2001），頁175。

識，以便達到相處融洽的地步」[34]拓拔斯出生於1960年，大學時期正逢原住民族傳統部落崩潰之時，他雖然企圖以書寫達到族群情感和解的可能，但從其作品中可以發現首先挑戰的卻是「自我認同」問題。離開原鄉的原住民族發現「膚色」被標籤化後，標籤也成為族人自我認同的障礙。他的同名小說〈拓拔斯‧塔馬匹瑪〉中的主角離鄉後返回部落，檢查哨員因為他的膚色變白而以為他不是部落人，主角當下並沒有因為失去作為族人的標誌膚色而生氣，反而心中有著幾分驕傲的竊喜「我已白的認不出是山地人，可以比部落的人高一等。」[35]比部落的人高一等，一語道盡一種「自我他者化」的棄絕行為。

郝樂德（Adrian Holliday）述及認同時指出：

> 大量的文化複雜性結構了個人與他們生活其中的文化現實的方式；國族就是文化複雜性的一個顯著因素，因為它建構了個人認同的基礎，但是它可能與個人的文化現實相衝突。文化認同被幾種不同因素所影響，包括個人的宗教、祖先、膚色、語言、階級、教育、職業、技術、家庭和政治態度。[36]

---

[34] 田雅各，《最後的獵人》（臺中：晨星出版社，1987），頁12。
[35] 同前註，頁17。
[36] Adrian Holliday."Complexity in Cultural Identity," Language and Intercultural Communication 10/2 (May 2010): 165-177.相關論述可參考張松建，〈家國尋根與文化認同：新華作家謝裕民的離散書寫〉，頁429。

在社會型態變遷下，臺灣原住民族面臨著在地與原鄉認同的雙重困境。

前者涉及族人遷徙異地後追尋認同過程的陌生化，部落建構了個人的族群認同基礎，但離開部落的族人面對原鄉卻必須「自我他者化」，去除「部落標籤」以尋求在地認同。然而在尋求在地認同的過程中卻因受到歧視反而衍生出在地鄉愁，畢竟「家園的所在，端視觀者的眼光」。[37]孫大川曾述及一位原住民如何忍受「被他者化」的眼光：「也許他們是無意的，但是那種眼光令人感到屈辱。」[38]伊苞1967年出生於屏東瑪家青山部落，在她出生時搖籃還縈著巫師祝福過的鐵片，衣衫裡縫掛著來自天上神靈庇佑的鷹羽。[39]她從小就在神靈的眼底成長，但離開似乎是一種無可避免的選擇。在撿蝸牛賣給平地人換取「王子麵」[40]時，「王子麵」的誘惑似乎已透露出年輕族人即將遠離的細微訊息。當伊苞第一次出外求學時，巫師說是祝福，言語卻透露出無限的憂傷：「若我從大武山回來人間，你會知道我回來嗎？」[41]伊苞當時並不明白死亡是甚麼，但她的離開對部落老人而言和「死

---

[37] Feroza Jussawalla,"South Asian Diaspora Writer in Britain: 'Home' versus 'Hybridity'," in G. Kain, ed., Ideas of Home: Literature of Asian Migration (East Lansing, MI: Michigan State University Press, 1997), p. 19.

[38] 孫大川，〈暗暗族〉，《久久酒一次》（臺北：張老師文化，1991），頁35。

[39] 伊苞，《老鷹，再見》（臺北：大塊文化，2004），頁7。

[40] 王子麵1970年上市，在當時民生物資缺乏的臺灣社會，為兒童流行的零食。

[41] 伊苞，《老鷹，再見》，頁17。

亡」沒有兩樣。

　　後者涉及原鄉異地化，「你在家，卻是個陌生人」[42]，形成一種原鄉離散。文明腳步的登入部落，耆老預卜式的聞到了一種死亡的氣味。包括父親在內的部落耆老似乎不約而同的以自身的「死亡」隱喻、提示著另一種死亡。「有一天我走了，你拿什麼做依靠。」[43]父親如是說。部落原是神靈庇佑的空間，傳說「大武山的創造神是以歌唱的方式創造排灣族人。」[44]、「sunud河是流經部落的源頭，那裡有一個非常大非常大的石頭，織布女神慕阿凱就在那裡織布，還有許多神靈居住在那裡。」[45]神靈圍繞的部落，一如加斯東・巴舍拉（Gaston Bachelard）所論及的幸福空間：「具有正面的庇護價值，除此之外，還有很多附加的想像價值，而這些想像價值很快就成了主要的價值。……它有生活經歷，……特別是這種空間幾乎都散發著一股吸引力。它蘊集了它所庇護範圍的內在的存有。」[46]是這樣的空間曾經是族人情感凝聚處。「王子麵」鬆動了傳統神話思維下的多重複雜想像，附著集體認同的文化意識也隨之瓦解。光禿禿的山頂，神靈隱去，部

---

42　Gloria Anzaldúa, "To Live in the Borderlands Means You," Borderlands La Frontera: The New Mestiza (SanFrancisco: AuntLuteBooks, 1999), p.216.譯文採自黃心雅，〈奇哥娜・邊界・階級──墨美女性書寫中的性別、種族與階級意識〉，《歐美研究》35（2015.6），頁303。

43　伊苞，《老鷹，再見》，頁7。

44　同前註，頁14。

45　同前註，頁142。

46　〔法〕加斯東・巴舍拉（Gaston Bachelard）著，龔卓軍、王靜慧譯，《空間詩學》（臺北：張老師文化，2003），頁55。

落集體創造的有意義空間蕩然無存，地方於焉空間化。[47]原鄉成為異地，地方不再，果真應驗了部落耆老對於死亡的焦慮。

　　安綴姿曾經以祖先離散的相反途徑回返祖先放逐之路，她自言：「這是一個連結地理與情感地景的旅程」。[48]安綴姿以地理追尋祖先歷史，她有意識的反走一趟祖先的路，以此治療歷史創傷。伊苞的旅程則反其道而行，她前往異文化之地探索，以「就死」的心情踏上連她自己也「未曾預知」的返根之途。自幼衣服絮上鷹羽的伊苞，記得如何在幼小心靈受挫時因為「拉卡茲」而奮勇前進。

> 我是拉卡茲，什麼是拉卡茲？是守護部落的勇士和獵人。鷹羽製成頭飾是一種彰顯老鷹的靈魂和勇猛的行為，配戴的人必須是上等的人，是值得族人尊敬的人。……
>
> 記住巫師老人的禱詞：「像老鷹一樣，動作迅捷，眼睛敏銳。」我擦乾眼淚，讓父親把頭上的草環綁緊，弓著身，望向前方陽光照射的山林，然後，擺盪雙臂，不顧一切，奮勇前奔。[49]

---

[47] 有關空間與地方論述參〔英〕Tim Cresswell著、王志弘、徐苔玲譯，《地方：記憶、想像與認同》（臺北：群學出版，2006），頁16-19。

[48] 黃心雅，〈原鄉離散：安綴姿的自我種族誌《擲火向陽‧擲水向月》〉，頁371。

[49] 伊苞，《老鷹，再見》，頁11。

然而她終究取下鷹羽。

> 經驗已經告訴我，我的膚色和身份是個沉重的負擔，我無
> 法再帶著我的傳統，我的文化，站在人和人競爭的舞台
> 上。相反地，我必須不斷削去我身上的氣息，我的原來色
> 彩，以適應不同的觀念和價值，才不至傷痕累累。
> 早在幾年前，我已取下掛在身上的鷹羽，我不想成為異
> 類。[50]

如果說原住民族面對故鄉土地失落、神靈消散的流離失所一如Vine Deloria（稗・狄洛瑞亞）所言是一種「放逐」[51]，那麼如伊苞者可說是一種「自我放逐」。伊苞自幼隨父親奔馳山林，對部落傳統有一定的熟悉度，然而離開部落即開始不斷受到漢族價值體系的影響，在原鄉和異地雙文化間拉扯。遙想故土，神靈遠去，因此取下鷹羽擁抱他鄉。然而對於大多數離開原鄉的原住民而言，擁抱他鄉卻不一定能得到在地性認同。他們面對部落「自我他者化」，尋求在地認同時卻又被視為「他者」。他們不是定義上的「跨境、跨國移民」，但卻遭遇如奈波爾筆下的移民困境，「靠不了岸的認同、回不了的鄉園故土、釐不清的文化遺

---

50 同前註，頁147-148。
51 黃心雅，〈原鄉離散：安綴姿的自我種族誌《擲火向陽・擲水向月》〉，頁366。

緒」。[52]

　　周蕾在論及自己作為出生成長於香港的中國人時說：「到了我這一代，文化身分問題會變得如此繁複甚至殘酷，再不是靠認同於某一種文化價值可以穩定下來。」[53]，此種矛盾與殘酷似乎恰足以作為臺灣原住民認同困境的註解。文化身分的矛盾，一如只能把部落故事埋在心底的伊苞，「在異鄉、在部落，我是個孤兒，失眠常伴。」[54]1960年代出生的伊苞，可說是部落中「選擇出走」的無奈一代。部落在現代化入侵下，祖源文化地景失落，異質文化空間造成的認同錯置，多少人在耆老心中已經「死去」，魂魄再也認不得返回大武山的路。然而這些被認為「離開是死亡的面孔之一」的族人，是一種世代發展下的不得已，部落的故事並未遺忘，而是掩埋在心底。

　　伊苞因為神話而有了西藏行，她一直相信神話是人類最原始的智慧。「多少年過去，我以奇特的因緣來到西藏這片貧瘠土地。眼前彷彿是一面大鏡子，它們逼我面對自己隱藏在心中的密秘，這不是我閉上眼睛就可以跟過去劃清界限的。」[55]因此，八月十一日，當她站在尼泊爾飯店窗前，季節雨、萬籟寂靜，她不知被什麼觸動生命深處堆疊的記憶：「重回歷史現場，父母的吟

---

52　劉于雁，〈跨界失落？奈波爾小說中的移民與遷移隱喻〉，《英美文學評論》12（2008.06），頁121。
53　周蕾，〈不懂中文（代序）〉，《寫在家國以外》（香港：牛津大學出版社，1995），頁xi。
54　伊苞，《老鷹，再見》，頁149。
55　同前註，頁144。

唱，巫師的禱詞，伴隨著山上的景物，踩在土地上的雙腳、割傷的小腿，從遙遠的故鄉呼喚著異國遊子的靈魂。」[56]自此，青山部落一路相隨。當她在4500公尺高的薩嘎，以最原始的姿勢與星星對望時她憶起巫師說的星星跳舞的故事；瑪旁雍錯湖繞湖的美麗傳說也讓她想起巫師的文身圖案和大武山的神靈；眼前皚皚白雪的藏族神山，長老的影像忽焉而至；聽聞藏人死亡後的特殊葬法，便想及排灣人傳統「墳墓在那裡，家就在那裡」的室內葬習俗。[57]她也想起了離開原鄉到平地工作，卻喪身異鄉的兒時玩伴依笠斯，她還記得自己說了當部落的火把重新燃起的時候，她就會回家。可惜依笠斯沒聽懂也沒來得及看到重燃的火把就永遠離開了。離開的依笠斯卻在多年後的轉山行中讓她「望見內心的故鄉」。

伊苞作為「未真正死去」的族人，懷抱著大武山之歌來到西藏。藏族聖山和大武山對其族人都具有一種神聖象徵意義，大武山是排灣族祖靈的居所，是創造之神所在的地方，也是充滿神話故事的空間。伊苞因神話而來到西藏，神祕而原始的藏域，開啟了掩埋於心底的故事。藏族老弱婦孺不畏艱苦的轉山精神呈顯了西藏神山的力量感召，她彷彿看到大武山創造之神因為人民的背離而感到孤單害怕，巫師焦慮著：「我們的傳統信仰已被外來的神所取代，人們離原來的世界越來越遠，他們不知道自己是

---

[56] 伊苞，《老鷹，再見》，頁12。
[57] 同前註，頁57、73-74、127-128。

誰……。」[58]西藏神山的莊嚴肅穆與朝聖者寧捨生命也要邁向幸福空間的影像，形成了一種想像的歷史現場，成為引渡伊苞回返青山部落的象徵空間。

## 四、結語

　　〈安汶假期〉和《老鷹，再見》一為虛構小說，一為紀行散文，二個文本恰恰構成微妙的對話。〈安汶假期〉在尋根的虛構層面上，異鄉成為故土；《老鷹，再見》則在遠離故土、思緒不斷游移的過程中，異鄉無意間成為落實既想望又抗拒的尋根追求所在。二者不約而同分別在「歷史現場」的作用下，重新開啟個人或群體有關離散與認同的不同視角。

　　〈安汶假期〉中的主角因為金融風暴，陪同父親前往安汶尋根，尋根之舉還讓他的女朋友笑掉了淚。一切像一場迷宮尋寶的旅行遊戲，主角無奈地隨著父親在安汶土法煉鋼式的尋親。〈安汶假期〉以虛構為文本，也以虛構成就真實。安汶或祖先原只是存在於想像的可能性，古衣冠畫像、古劍、金爵、刻著崇禎年代的墓碑等文物坐實了祖先的「真實存在」。古文物架構了一座近於歷史現場的象徵空間，對來自新加坡的父子意義各不相同。因家族歷史而對尋根產生浪漫想像的父親，卻因歷史現場的衝擊而

---

[58] 同前註，頁78。

逃離；不諳歷史為何的兒子，調笑間來到安汶，卻因歷史現場而感動。事實上，無論個人或群體在以歷史的想像為基礎下，有意義的象徵空間便形成了

　　張松建認為：「〈安汶假期〉在描述海外華人的離散經驗的過程中，悄然消解了『中國性』（Chineseness）神話而邁向了『本土性』（locality）議題。」[59]邁向本土性的確是離散經驗中發展的現象之一，然而「離散為價值」是否能脫離世代的離散現實而趨近於消亡，卻仍然有再思考的空間。以〈安汶假期〉為案例，兒子原來應該只是一個完全在地化的新加坡青年，但他的「後遺民」姿態顯然不是「朱氏家族越來越走向了本土化、反離散、落地生根的生活方式和文化認同」[60]所能完滿解釋的。跨越時空來到安汶的歷史現場，已隨之來到新加坡，主角在現代化新加坡的二十五樓，在迷茫的虛構情境中有著「茫雨中南洋小島的情境向來都令人斷腸」[61]的感受。

　　一切是虛構也是真實！王德威論李永平（1947-2017）創作的早期風格時，曾如是說：「文學創作自不必是作家個人生命的倒影，但在李永平早期作品的字裏行間無不潛藏著他與歷史情境對話甚至搏鬥的痕跡。」[62]小說不必然為作家生活的真實，謝裕

---

59　張松建，〈家國尋根與文化認同：新華作家謝裕民的離散書寫〉，頁451。
60　同前註，頁455。
61　謝裕民，〈安汶假期〉，《重構南洋圖像》，頁128。
62　王德威，〈早期風格〉，收入李永平，《婆羅洲之子與拉子婦》（臺北：麥田出版社，2018），頁4。

民創作〈安汶假期〉前不曾踏上安汶，[63]他以〈南洋述遇〉為本架構了一個想像的歷史現場。這樣的歷史現場，想必是個人的、也是集體的召喚力量之所來。小說同時建構與解構真實，促使我們思考身份定位時，更加理解潛藏其中的欲望使然與歷史偶然。虛實之間產生的聯動性有政治意義，也有倫理意義，同時也不斷思考在時間長河裏，為何與如何找尋身份定位，也反省這樣的找尋必須時時調動、調整我者與他者的關係，而不論身份物化為標記。

臺灣原住民的原鄉與異地認同在社會發展中曾經形成一種違和的相似性，原住民來到漢族社會在被視為他者的過程中拒絕自我認同，進而選擇棄絕原鄉，而成為伊苞筆下「在異鄉、在部落，我是個孤兒」。[64]《老鷹，再見》原非尋根之作，是出走再出走的紀行。然而歷史象徵空間的奧妙正在於其時刻無法預料的作用，瑪旁雍錯湖、皚皚白雪的藏族神山、無畏死亡的藏族轉山者，共同構組且落實了想像的歷史現場。

伊苞及其同世代多數族人一樣選擇自我放逐，然而認同過程中所遭遇的身分位置的曖昧不明、周遭文化符碼及價值觀的大異其趣、陌生的環境語言，在在都造成了原住民離散者的在地鄉愁。[65]排灣族的家園曾經是幸福空間，大武山的創造神歌唱造

---

[63] 2016年謝裕民先生來臺參與活動，餐敘間曾提及事實上他未曾到過安汶。

[64] 伊苞，《老鷹，再見》，頁149。

[65] 此處借用魯西迪（Salman Rushdie）對漂流離散移民的論述：「一位不折不扣的移民（A full migrant）在傳統上遭受三重破碎之苦：他失去自己的身分地位，

人、圍繞群山的諸神靈護佑著族人，飛鷹翱翔、鷹羽散發著無限的智慧與勇氣。曾幾何時，神山日漸變矮，神靈遠去，幸福空間早已遺落在時空流轉的軌跡中。

　　然而，伊苞是個把「家園」埋在心底的排灣人，遠離部落看似「遺忘」與「死去」，實而並非真正死去也非徹底遺忘。因此，當她踏上轉山行第一站尼泊爾，意識便流動返回部落。沿途所見如此親近，當她看到藏族婦女披著鮮艷奪目色彩的披肩，「我們認識，我們真的認識。同時，心裡十分明白，我在另一個世界遺漏了甚麼。」[66]西藏——一個被歌頌的神聖地方，彷如想像的歷史現場跨越時空來到，成為再尋排灣幸福空間的啟動力量。

　　〈安汶假期〉中物質文化建構的歷史現場，西藏聖山形塑的位移的想像歷史現場，對新加坡朱姓父子及伊苞而言，在於原鄉／異地，故鄉／他鄉早已在流動的鄉愁中盤根錯節，異地卻為故鄉、原鄉而有離散鄉愁、易位的他鄉認同，看似流逝的「原位」在義肢式的族群想像及歷史隱微的滲透下，離散可以終結也可以忽焉而至。

---

開始接觸一種陌生的語言，同時發現周遭的人的社會行為和符碼，與自己的大異其趣，有時甚至令人感到不悅。」他所提出的三重破碎之苦，同樣適用於臺灣原住民游移異鄉認同的困境。Salman Rushdie. Imaginary Homelands: Essays and Criticism 1981-1991, (London: Granta Books, 1991), pp. 277-278. 譯文採自何文敬，〈跨種族的兩性關係與兩代衝突——雷祖威的《愛之慟》〉，《歐美研究》34. 2（2014.06），頁235。
[66] 伊苞，《老鷹，再見》，頁130。

# 陸、
# 從地方到無地方性
## ——「邊城」敘事中的人與時空

## 一、前言

　　臺灣東部因為地理環境因素，長時間處於「邊緣」。從歷史視角看來，東部在歷史敘事中長期以來落入隱身狀態，與臺灣西部二、三百年來的發展頗有落差，文學亦然。日據以前有關臺灣東部的相關文字記載相對較少，日據時期除了原住民歌謠、日文文學，在花蓮最顯著的文學活動莫過於奇萊吟社的集會活動，課題詩、聯吟與擊缽吟等。[1]戰後國民政府以去日本化為首要，二二八事件後更是人人自危，僅傳統詩因語言與執政者的較無隔閡，尚可於國民政府統治下繼續活動，其餘文學活動相對黯淡。

　　花蓮為移民社會，除早期居於此地的原住民族，多數居民

---

[1] 有關日據時期花蓮傳統詩活動可參考黃憲作，〈花蓮地區的傳統文學（上）〉，《國文天地》16.12（2001.05），頁78。

在不同歷史時間來到此地，雖然移居原因各不相同，時日久遠，落地生根，已成為這片土地的主人之一。諾伯舒茲（Christian Norberg-Schulz）曾論及：「當人定居下來，一方面他置身於空間中，同時也暴露於某種環境特性中。……要想獲得一個存在的立足點，人必須要有辨別方向的能力，他必須曉得自己置身何處。而且同時得在環境中認同自己，也就是說，他必須曉得他和某個場所是怎麼樣的關係。」[2]從家族或個人的新來乍到至一腳踩進花東的「黏」土而無法自拔，與這片土地相聯結的作家在定居意識的認同下，如何書寫眼下的「我城」[3]？外來視角下的「邊城」，又如何在文字中浮現其背後的種種歷史身世？不同的視角說明也詮釋了土地與人之間的微妙關係。

有關地方與地方感的理論建構來自人文地理學，甚麼是地方？Tim Cresswell認為「它們都是人類創造的有意義空間，它們都是人以某種方式而依附其中的空間。」[4]約翰‧阿格紐（John Agnew，1949～）則勾勒出地方作為「有意義區位」的三個基本面向：區位、場所和地方感。[5]其中區位與場所指涉的是一種地方的物質環境，地方感則與人對地方的主觀認知和情感依附有關。事實上，人與地方關係的探討，自上世紀七〇年代以來人文

---

[2]　諾伯舒茲（Christian Norberg-Schulz）著，施植民譯，《場所精神—邁向建築現象學》（臺北：田園城市文化，1995），頁19。

[3]　此處借用西西書寫香港的小說《我城》之名。

[4]　Tim Cresswell原著、王志弘、徐苔玲譯，《地方：記憶、想像與認同》（臺北：群學出版社，2006），頁14。

[5]　同前註。

地理學家已從人與地的關係進行了深入的探討。[6]然而在全球快速流動下，人群與地方的關係也面臨了重層的考驗，從地方感的形塑至地方的終結，人類科技與生活發展的歷史脈絡似乎與地方日漸失去串聯。瑞夫（Edward Relph，1944～）在「地方與無地方性」的主題上將人類經驗區分為內在性與外部性的經驗，「內在於一個地方，就是歸屬並認同於它，你越深入內在，地方認同就越強烈」[7]而無地方性則立於歸屬感的對立面，是一種地方的疏離狀態。有關無地方性他提到：「透過一些過程，或者更精確地說是『媒體』，直接或間接鼓舞了『無地方性』，從而傳播了對地方的不真實態度，也就是削弱了地方認同，以致地方不僅看起來很像，感覺相似，還提供了同樣枯燥乏味的經驗可能性。」[8]瑞夫尤其將無地方性的生成歸咎於觀光化。向來被視為臺灣「後山」[9]、「邊城」的花蓮，近年來在以觀光立縣的發展目標下，人與地方關係變動甚大，觀光化是否生成瑞夫所認為的

---

[6] 如Tuan認為人居住在地方或經常性接觸地方，就會對地方產生各種強烈和持久的情感反應，並得以透過地方來認識世界。Relph認為地方如果充滿有意義的真實經驗或發生過動人的事件，個體就會形成一種對地方的認同感、安全感或關切等，這樣的空間實體物理環境就能被轉化為地方。見陳全榮、劉淥璐，〈地方感研究文獻評析〉，《設計學研究》，21.1（20180.6），頁87。

[7] Relph.E.(1976).*Place and placelessness*. London: Pion.P.49.參考Tim Cresswell，《地方：記憶、想像與認同》，頁74。

[8] 同前註，頁90。引自Tim Cresswell，《地方：記憶、想像與認同》，頁75。

[9] 「後山」作為一地理空間，清代志書等官方論述不但含有文化階序高低之別，更有將「漢／非漢」以文明指標對比的暗示，至於一般的意象記載，「後山」往往成為投射所在；藉由對未知地理空間的描繪，滿足鄉民對異象的想像。康培德，〈清代「後山」地理空間的論述與想像〉，《後山人文》（台北：二魚文化，2008），頁056。

「無地方性」？

　　與花蓮「地方」研究主題較為緊密的論文，前行研究者關注的主題如下：黃憲作〈論花蓮的傳統詩人的空間書寫〉[10]一文以花蓮傳統詩人為研究對象，考察本地詩人與流寓詩人的差異及其地方感生成之緣由；呂文翠〈花蓮花蓮：充滿否定性的家園－論王禎和小說中的鄉土〉[11]討論王禎和小說中的花蓮風土，藉此呈現他對人性家園的悲觀絕望；陳義芝〈楊牧詩中的花蓮語境〉[12]藉由楊牧不同的人生階段，探討其詩作中的家鄉想像與內涵；劉紀蕙〈燈塔、鞦韆與子音：論陳黎詩中的花蓮想像與陰莖書寫〉[13]從作家個人對土地、花蓮的愛欲所勾勒的圖像，觀察詩人的內在矛盾，並自此思索邊緣書寫的意義。其餘如石曉楓〈理想與自我的安頓－陳列散文中的空間經驗〉[14]；陳萬益〈囚禁的歲月——論陳列的〈無怨〉與施明德的〈囚室之春〉〉[15]；簡義明〈論陳列散文中的主體構成與花蓮想像〉[16]；林詩群《花蓮市

---

[10] 黃憲作，〈論花蓮的傳統詩人的空間書寫〉，《淡江中文學報》36（2017.06），頁171-197。

[11] 呂文翠，〈花蓮花蓮：充滿否定性的家園－論王禎和小說中的鄉土〉，《問學集》7（1997.12），頁27-58。

[12] 陳義芝，〈楊牧詩中的花蓮語境〉，《淡江中文學報》26（2012.06），頁177-196。

[13] 劉紀蕙〈燈塔、鞦韆與子音：論陳黎詩中的花蓮想像與陰莖書寫〉，《中外文學》27.2（1998.07），頁118-138。

[14] 石曉楓〈理想與自我的安頓－陳列散文中的空間經驗〉，《清華學報》47.3（2017.09），頁591-619。

[15] 陳萬益，〈囚禁的歲月——論陳列的〈無怨〉與施明德的〈囚室之春〉〉，《文學台灣》，（1993.04），頁79-95。

[16] 簡義明，〈論陳列散文中的主體構成與花蓮想像〉，《第三屆花蓮文學研討

都市形成發展歷程之研究（1895-1995）》[17]；張家菁《花蓮市街的空間演變：臺灣東部一個都市聚落的形成與發展》[18]；廖承萱〈陳雨航作品研究〉[19]等等。基於前人研究所提供的思考以及人文地理學家提出的理論運用，本論文擇取不同視角的文本，以人（身份視角）與時間、空間多元脈絡交錯生成的關係，探討張愛玲（1920～1995）〈重訪邊城〉、王禎和（1940～1990）《玫瑰玫瑰我愛你》及吳明益（1971～）《家離水邊那麼近》，第三部分另以一位離鄉多年的作家陳雨航（1949～）的《小鎮生活指南》對照討論一個回不去的年代。

也斯（梁秉鈞，1949～2013）論及香港文學時曾提出：「香港的故事？每個人都在說，說一個不同的故事，到頭來我們唯一可以肯定的，是那些不同的故事，不一定告訴我們關於香港的事，而是香港告訴了我們那個說故事的人，告訴了我們他站在什麼位置說話。」[20]此說雖然與香港的多元人口結構有關，展現著人群與香港的個別性。然而說故事的不同視角與位置，也可以是探討地方多重面向的方法之一。一如從臺灣相對地理環境及種族結構衍伸而成的「後山」，經常在以西部及漢人中心主義的敘

會》，（2000），頁153-166。

17　林詩群，《花蓮市都市形成發展歷程之研究（1895-1995）》，台北：淡江大學建築系碩士論文，2004。

18　張家菁，《花蓮市街的空間演變：臺灣東部一個都市聚落的形成與發展》，台北：國立師範大學地理系碩士論文，1992。

19　廖承萱，《陳雨航作品研究》，嘉義：國立中正大學臺灣文學碩士論文，2015。

20　也斯，〈香港的故事：為甚麼這麼難說〉，《香港文化》（香港：香港藝術中心，1995），頁6。

事下成為「落後」的代名詞。然而在本地作家的視野中，後山卻是別有優勢所在，詩人陳黎（1954～）便如是說：「花蓮，舊稱『後山』，是本省開發較晚之地區。……相對於臺灣西部或北部，它的居民比較沒有甚麼歷史包袱，他們不必對昔日或光榮的過去，付出太多的眷戀……。由於風土人情的美善，新生的花蓮人逐漸對他們山明水秀的家園興起一種自然的驕傲。」[21]然而，在敘事視角差別下，不得不注意的是時間脈絡下「後山」語境的變遷。因此，本論文首先從外在的地景[22]視角切入，但以時間作為重要的考察路徑之一。

## 二、邊城中的邊城

1961年張愛玲重訪香港時，在當時美國駐臺辦事處人員麥加錫的安排下順道至臺灣，爾後她以〈重訪邊城〉[23]記下此行點滴，張愛玲以文學筆法描述香港與臺灣的「邊城」位置，文章也比較臺灣與香港的風貌，香港與臺灣歷史上的命運曾為帝國邊城。1941年底張愛玲被香港大學錄取，此後因目睹「戰爭的殘酷

---

[21] 陳黎，〈醇厚的人情，驕傲的山水─寫我的家鄉花蓮〉《聲音鐘》（臺北：元尊文化，1997），頁307-309。
[22] 在大部份地景定義中，觀者位居地景之外。不同於地方的觀者必須置身其中。Tim Cresswell，《地方：記憶、想像與認同》，頁20。
[23] 1961年張愛玲先訪台灣再到香港，1963年3月，張愛玲寫下的一篇英文遊記〈A Return To The Frontier〉，發表於美國雜誌《The Reporter》，在當時台灣文學界，引起了極大的迴響。中文版〈重訪邊城〉則為1980年代的「重寫」而非翻譯。

和人類無謂的執著」，在返回故鄉上海之前已然脫胎換骨。英屬殖民地的暫居經驗，顯然令她的創造力有如泉湧。[24]1952年，當她被迫離開上海時，她別無選擇再次前往香港。

1961年則是張愛玲三訪香港，赴港途中的「邊城」在她的創作中留下一筆，其中花蓮在此行中意外成為筆下「邊城中的邊城」。然而張氏筆下的「邊城」，在時間流轉中有了不一樣的意義。1960年代初，〈A Return To The Frontier〉一文在東西冷戰的歷史語境中，臺港被策略性的視為「政治邊城」；1980年代重寫的〈重訪邊城〉則已轉為一種「文化邊城」視角重新進入張愛玲的回憶書寫中。[25]

文學上張愛玲與香港、上海緊密連結，一九四〇年代成名的張愛玲，在上海即已備受肯定；香港雖稱流亡時期，但張愛玲曾短暫定居於此，且多篇作品以香港為書寫場域。相較之下，臺灣僅僅是她「順便」探訪數天之處。一九五〇年代張愛玲因《秧歌》而受到臺灣文壇的關注，但一如陳芳明所說：「她獲得尊崇是一回事，臺灣文學史如何接納她又是另一回事。」[26]臺灣文學史上如何定位張愛玲？學界有不同聲音，遑論張愛玲與花蓮。張愛玲曾往返於上海與香港間，二地在其書寫中互為彼此的「他

---

24 李歐梵，〈張愛玲在香港〉，收於王德威主編，《哈佛新編中國現代文學史》（臺北：麥田出版，2021），頁505。
25 相關論述可參考曲楠，〈張看台港：張愛玲「邊城」書寫中的「重返」與「重訪」〉，《現代中文學刊》2015第4期，總37（2015.04），頁80-91。
26 陳芳明，〈張愛玲與台灣文學史的撰寫〉，《中外文學》27.6（1998.11），頁55。

者」，因而張氏赴港途中的臺灣行（特別是花蓮行）在位置上則成為一個微妙的觀察點，尤其根據張愛玲自述，她是看了王禎和的〈鬼・北風・人〉，而對臺灣產生興趣。[27]2008年〈重訪邊城〉刊登於《皇冠》雜誌時，封面寫著：「臺灣和香港，在張愛玲眼中皆屬『邊城』，透過她的眼睛，我們彷彿穿越時光，看見了一個煥發著奇特生命力的臺灣，以及舊時香港色香味俱全的尋常生活。」[28]文中描述張愛玲從臺北轉往花蓮旅程的第一印象：

> 麥家託他們的一個小朋友帶我到他家鄉花蓮觀光，也是名城，而且有高山族人。
>
> 一下鄉，臺灣就褪了皮半捲著，露出下面較古老的地層。長途公共汽車上似乎全都是本省人。一個老婦人紮著地中海風味的黑布頭巾、穿著肥大的清裝襖褲，戴著灰白色的玉鐲——台玉？我也算是還鄉的複雜的心情變成了純粹的觀光客的遊興。[29]

一九六○年代初的花蓮，北迴鐵路尚未開通，如果臺灣是

---

[27] 王禎和在訪問中提到「她讀我的小說〈鬼・北風・人〉，對裡面的風土人情很感興趣，特別寫信給麥加錫希望到花蓮看看，所以麥加錫先生就聯絡了我。我們那晚在國際戲院對面聚餐之後，第二天就出發了。」丘彥明，〈張愛玲在台灣——妓女坐在嫖客腿上看她〉，《聯合文學》3卷，第五期，總29（1987.03），頁97。

[28] 見《皇冠》647（2008.04）。

[29] 張愛玲，〈重訪邊城〉，《重訪邊城》（北京：十月文藝出版社，2012），頁267。

張愛玲書寫中的「邊城」，當時的花蓮在中央山脈的阻隔下，進出北臺灣需經過曲曲折折的蘇花公路，可謂「邊城中的邊城」，這樣的邊城卻是張愛玲筆下某種觀光概念下的「名城」，且特別凸顯了今日稱為原住民族的「高山族人」。張愛玲初至花蓮的年代，行路尚能見著臉上紋面的原住民族，她如是描述：

> 替我作嚮導的青年不時用肘彎推推我，急促地低聲說：「山地山地！」
>
> 我只匆匆一瞥，看到一個纖瘦的灰色女鬼，頰上刺青，刻出藍色鬍鬚根根上翹，翹得老高，背上背著孩子，在公路旁一爿店前流連。
>
> 「山地山地！」
>
> 吉卜西人似的兒童，穿著破舊的T恤，西式裙子，抱著更小的孩子。[30]

除了對於紋面族群的好奇外，張愛玲以「灰色女鬼」、「吉卜西人」描述在臺灣東部初見原民族的印象，她筆下的「刺青者」成為外來作家獵奇式的驚鴻一瞥。「灰色女鬼」、「吉卜西人」描述，易於令人聯想一種「東方主義式」的觀看，尤其此記行首先以英文發表，因此難免落入「張愛玲文字和意象的琳瑯繁

---

[30] 同前註，頁267-268。

華，恰恰為西方讀者的東方窺奇慾望提供了支撐」[31]的想像。然而從文中嚮導不時以動作與低聲提醒張愛玲「山地山地！」得以見出，在地的嚮導與外來者皆以一種「他者」視角看待原住民族。此處彰顯的是六〇年代臺灣東部花蓮，在中央山脈東西地理位置結構中的內／外之分外，內部地理空間也因於移民的外來族群差異，而生成一種內部中的自我差異情形，此處因而形成了一種內／外游移的變動「他者」關係，因此張愛玲初時以英文發表或被論者視為張愛玲「通過這些帶有『異國情調』」的聲口碎片，利用語言的『異他性』（otherness）將臺灣置於與西方本體相對的東方邊緣，而她筆下前往觀看日本影片的『Shandi』（山地人），正是讓西方讀者驚鴻一瞥的原住民。」[32]的觀點便有再思考的必要，除了她自己亦是一位「驚鴻一瞥」的觀光客外，即使是擔任嚮導的在地人仍然以一種「獵奇」的心態向張介紹。

　　如此看來，此處未必是一種「將臺灣置於與西方本體相對的東方邊緣」下的呈現，更可能是六〇年代跨越中央山脈地理空間下的文化及族群認知落差視野。東部的位置涵蓋著不同層次的「邊緣性」，西部／東部、漢人／原住民、進步／落後的我者與他者的隔閡。從臺灣的歷史情境觀察，對於非正式地理名稱的「後山」詮釋，已然說明了一切。再者，這一趟旅程所見與張愛玲原先將臺灣連結於文化中國下的想像產生了極大的差異，讓她

---

[31] 曲楠，〈張看台港：張愛玲「邊城」書寫中的「重返」與「重訪」〉，頁82。
[32] 同前註，頁82。

自陳變成觀光客心態,她如此形如當時的心境「我也算是還鄉的複雜心情變成了純粹的觀光客的遊興」[33]。

王禎和提及在他四舅父的安排下,張愛玲曾一探花蓮溝仔尾著名的風化區,「在我四舅父的安排下,引她一遊『大觀園』(一甲級妓女戶之名稱)。她看妓女,妓女坐在嫖客腿上看她,互相觀察,各有所得,一片喜歡。」[34]張愛玲以觀光興致遊走風化區,區內的妓女恐怕也以觀者的新奇心態「打量」她,有關這趟特別的旅程,張愛玲不減慣有的觀察入微。

張愛玲如是描寫座落於風化區的寺廟「香案前橫幅浮雕板上嵌滿碎珊瑚枝或是海灘石子作背景。日光燈的青光下,繡花神幔上包著的一層玻璃紙閃閃發光。」[35]對於附近妓女戶也只是娓娓道來「附近街上一座簡陋的三層樓木屋……,門口掛著『甲種妓女戶』門牌。窗內燈光雪亮,在放送搖滾樂。靠牆直挺挺兩只木椅,此外一無所有。」[36]一如王禎和所述「她的裝扮,簡宜輕便,可是在一九六一年的花蓮,算得上時髦,又聽說她是美國來的,妓女對她比對嫖客有興趣。……酒客對她比對酒女更感興趣,還邀她入座共飲。」[37]此時的張愛玲不同於面對在長途汽車上看到的「山地人」的他者描述,對甲種妓女戶中的妓女僅僅輕

---

[33] 張愛玲,〈重訪邊城〉,頁267。

[34] 丘彥明,〈張愛玲在台灣——妓女坐在嫖客腿上看她〉,頁97。

[35] 張愛玲,〈重訪邊城〉,《重訪邊城》,頁270。

[36] 同前註。

[37] 丘彥明,〈張愛玲在台灣——妓女坐在嫖客腿上看她〉,頁97。

描淡寫「兩個年青的女人穿著短旗袍，長頭髮披在背上，彷彿都是大眼睛高胸脯，足有國際標準……」[38]，她自身反而成為酒客及妓女觀看下的「他者」。

然而，無論臺灣或花蓮對張愛玲而言都是「silence movie（默片）」「因為語言的隔閡。」[39]在花蓮廟宇所見神像坐於神龕外的現象，她的理解便充滿對異鄉的地理空間想像：

> 想來是神像常出巡，抬出抬進，天氣又熱，揮汗出力搬扛的人挨挨擦擦，會汗損絲綢帳幔。我看見過一張照片上，廟門外擠滿了人，一個穿白汗背心的中年男子笑著橫抱著個長鬚神像，臉上的神情親切，而彷彿不當椿事，並不肅然。此地的神似乎更接近人間，人比在老家更需要神，不但背鄉離井，同荒械鬥「出草」也都還是不太久以前的事，其間又還經過五十年異族的統治，只有宗教還是許可的。這裡的人在時間空間上都是邊疆居民，所以有點西部片作風。[40]

不論張氏當年所見神像坐於神龕外是一種偶然或常態，她以充滿想像的「離鄉背井的移民」、「原住民出草的險境」，甚

---

[38] 張愛玲，〈重訪邊城〉，《重訪邊城》，頁270—271。
[39] 丘彥明，〈張愛玲在台灣——妓女坐在嫖客腿上看她〉，頁99。
[40] 張愛玲，〈重訪邊城〉，《重訪邊城》，頁270。

至以「西部片作風」詮釋花蓮在時空上的「邊疆性」。〈重訪邊城〉雖非全篇描寫花蓮，但作為從境外路過到此一遊的觀光客，張愛玲以小說慣有的細膩筆法描繪了六〇年代花蓮細微的地景與人情。她初見東部原住民族的獵奇式描寫及在溝仔尾成為妓女及酒客眼中的「奇觀」，都坐實了她的「局外人」位置。

## 三、邊城軼事

張愛玲這個局外人筆下的花蓮，與「在地人」王禎和的花蓮書寫有何不同？1984年出版的《玫瑰玫瑰我愛你》雖然充滿了有趣與諷刺性的畫面，論者或從各個不同觀點評論此作，尤其部分討論聚焦於文本的後殖民論述。但無論作者創作伊始的意圖如何，小說卻隱含著作者年少歲月對於邊城花蓮一夕間活絡起來的印象，這樣的記憶隱藏內心，成為數十年後的寫作緣由，同時部分回溯了與花蓮城市身世密不可分的溝仔尾地景。

> 一、二十年來我就一直想寫這小說。記得越南美軍第一次搭軍艦到花蓮度假，全花蓮市都忙碌起來，有的準備歡迎，有的忙著賺美金，報紙更忙用頭條新聞、花邊消息報導美軍來臨。全市五色繽紛，喜氣洋洋，最後讓花蓮人大

開眼界的就是有座酒吧出現。[41]

　　根據新聞資料越南度假美軍踏上花蓮時間為1966年，當年十一月七日《自立晚報》以「兩百餘美軍抵花蓮渡假／吧孃們聞風趕行／酒吧業生意鼎盛」為標題報導一百五十多名渡假美軍抵達花蓮，街上處處可見美軍身影，甚至有一批吧女遠從臺中趕來花蓮。[42]王禎和1959年離鄉北上就讀臺灣大學，1965年返鄉任教，1966年再度離鄉輾轉任職臺南、臺北等地，直到1980年始因病返回花蓮。從王禎和離／返花蓮的時間，大約可以觀察出落實《玫瑰玫瑰我愛你》一書的寫作因緣。

　　1965年王禎和退伍返回花蓮任教時恰逢臺灣熱情擁抱駐越南美軍到臺渡假時節。越南美軍至臺渡假的背景源於1965年美軍開始對中南半島進行大規模轟炸，因而引起各方呼籲越南和平的反美情緒，當時臺灣被視為最安全也沒有反美情緒，成為駐越南美軍度假的首選，1965年11月第一批度假美軍抵達臺北，為美軍來臺度假計畫揭開序幕。[43]王禎和1966年辭去花蓮教職前往臺南，離鄉前美軍至臺消息已經透過媒體炒得沸沸揚揚，雖然沒有明確資料指出王禎和於1966年幾月辭去教職，但想必同年11月美軍的

---

[41] 丘彥明，〈把歡笑撒滿人間─訪小說家王禎和〉，《玫瑰玫瑰我愛你》（臺北：洪範書店，1994），頁255。

[42] 陳中勳，《失落在膚色下的歷史》（臺北：行人文化實驗室，2018），頁178。

[43] 相關資料可參考陳中勳，《失落在膚色下的歷史》（臺北：行人文化實驗室，2018），頁165。

到訪花蓮，令這位「在地人」印象深刻。

《玫瑰玫瑰我愛你》時空背景設置於冷戰時期的花蓮，小說描寫地方政客與性工作者如何傾全力迎接駐越美軍到花蓮短暫度假。無論小說發表的1984年或小說設置的一九六○年代，臺灣社會皆相對保守，因此小說涉及的議題自然在臺灣社會拋出一顆震撼彈，但也許這正是王禎和的刻意為之，如他所言：「也許我看的傷心事太多了，總希望：只要可能，讓人間多一點笑聲……」[44]。除了散播歡樂的企圖外，前文已述及，他早已思考寫這樣一本與那個時代有關的題材。

小說從不同視角凸顯了西方／臺北／後山的不同文化空間。董斯文是一位一反社會價值觀認知的教師，他在花蓮中學校擔任過英文教師，爾後前往臺北電視台工作，經常在報章雜誌發表文章，如今則成為「吧女速成班」的班主任。董斯文洋腔洋調，在他身上體現了資本主義影響下極端西化的氣息「攻讀外國語文學系的他……竟連自己講的國語都躲不掉西潮的影響。」[45]董斯文作為在地的花蓮人，與他身上的「洋味」、「資本主義銅臭味」以及選擇具有隱喻性歌曲〈玫瑰玫瑰我愛你〉[46]為小鎮帶來前所

---

[44] 丘彥明，〈把歡笑撒滿人間─訪小說家王禎和〉，頁260。

[45] 王禎和，《玫瑰玫瑰我愛你》，頁17。

[46] 玫瑰除了指涉「紅顏禍水」（femme fatale）之外，更為尋常的象徵是，滿載異國情調的東方女子……「玫瑰玫瑰我愛你」從上海流行到美國，然後再到台灣，紅遍一時。……當作國族語言寓言閱讀，美軍及其所代表的帝國意識、東方主義想像、資本主義活動，都成了一種美麗的毒。參見陳意曉，〈王禎和小說《玫瑰玫瑰我愛你》中的文化板塊運動〉，《中國現代文學》22（2012.12），頁165—167。

未有的西方想像「眼界」，諸如美金潮流、竹子搭成的酒吧、美國軍人的氣勢以及吧女「今日看我」的冶蕩等。[47]這樣的視野在二者極度矛盾的空間對比下，隨著小說中美軍到訪的落空，另一方面卻也暗喻著此種想像終將幻滅。

從地方政客到擁有社群地位的老師無一不以美軍的到來為榮，雖然這些人對於越南美軍到臺度假的「深層意味」並非無知，但「美軍就是美金」[48]。此種知識分子、政客、吧女三種各有其身分表徵的組合，卻共同大張旗鼓、引頸企盼的迎接即將光顧樂園的美軍，彼此因而形成一種時代驅動下的弔詭共同體。此種弔詭還呈現在小說中作為吧女訓練所的「得恩堂」教堂，來到得恩堂的吧女們大多是第一次上教會，為的卻是與教義「不可姦淫」背道而馳的活動。與此同時，教堂空間內貼著的毛筆字標語「抬頭挺胸，勇往前進」、「做人要光明　處事要公平」[49]因而有了弦外之音。

張愛玲與王禎和筆下的溝仔尾，在花蓮文化美學計畫[50]下如今已朝向（巴黎）香榭大道前進。溝仔尾發展於日據時期，提供在地消費與娛樂，民國四、五十年代，此處成為頗負盛名的風化區。如前所述，《玫瑰玫瑰我愛你》在想像試圖以經濟突圍東部

---

[47] 根據王禎和的回憶所述。丘彥明，〈把歡笑撒滿人間—訪小說家王禎和〉，頁255。

[48] 王禎和，《玫瑰玫瑰我愛你》，頁27。

[49] 同前註，頁19。

[50] 〈花蓮市日出觀光香榭大道整體景觀工程〉，https://pw.hl.gov.tw/Detail/1eddcccbf2d475897368701d6d3a9be 瀏覽日期：2020.12.5

地理位置困境下，地方政客動員性工作者的諷刺性情節尤其呈顯此種矛盾性，其時社會大眾普遍如何接受這件事，成為探討這部小說不能忽略的。巴赫汀論及意識形態環境指稱：

> 社會人為意識形態現象所包圍，為不同種類和不同範疇的客體符號所包圍，為各種形式的語言（聲音、書寫及其他等）所包圍，為科學陳述、宗教符號與信仰、藝術作品等等所包圍。這一切的總體構成了意識形態環境，而意識形態環境又形成牢固的圈圈將人團團圍住。人的意識就在這個環境裏生存與發展。人的意識透過周圍的意識形態世界的中介而得以存在。[51]

環視當時的臺灣社會，已脫離了日本的古典殖民統治，謝世宗認為王禎和小說並沒有描寫美方介入強迫成立休閒娛樂中心，反是花蓮的地方人士自動的以吧女將單純的觀光轉化為性旅行，以此說明小說主要是批評在地資本主義的盲目發展。[52] 此種知識與身份的盲目，如果作為詮釋小說背後資本主義發展

---

51 M. M.Bakhtin/ P. N. Medvedev, *The Formal Method in Literary Scholarship: A Critical Introduction to Sociological Poetics*, Albert J. Wehrle, trans. (Baltimore and London: Johns Hopkins Univ. Pr., 1987), p. 14.引自李有成，〈在冷戰陰影下：黃春明與王禎和〉，《臺北大學中文學報》26（2019.09），頁9。

52 謝世宗，〈資本主義全球化下的臺灣社會顯微—重讀王禎和《玫瑰玫瑰我愛你》〉，《臺大文史哲學報》83（2015.11），頁44。

陸、從地方到無地方性──「邊城」敘事中的人與時空　171

對地方性戕害的隱喻，如今向巴黎香榭大道看齊的文化美學計畫，看似以花蓮作為觀光發展特色的地方獨特創意，事實上卻是如Mike Crang所指：「有一種產業試圖塑造地方的『形象工程』（imagineer），創造出『獨特性』來吸引注意、遊客，以及最後，金錢。」[53]則成為進一步傷害土地的一種虛假的地方感。

〈重訪邊城〉中的導遊與《玫瑰玫瑰我愛你》中的董斯文雖不能並比論之，但在資本主義美化想像下，二者恰恰扮演著將原住民和吧女以商品的模式向外「展示」，此種特殊地理語境下形塑的「商品」，來到二十一世紀「花蓮市日出觀光香榭大道整體景觀工程」，不約而同成為邊城敘事中的一則則社會顯微。

## 四、消失的淨土[54]

六〇年代的東部花蓮經歷了一個大變動的時代，陳雨航的《小鎮生活指南》是作家十八歲前的生活場景，時間軸恰恰落在六〇年代，那個在張愛玲筆下「褪了皮半捲著，露出下面較古老的地層。」的東部。然而小說開頭以「單引擎雙翼機沿著海岸線飛行，像一尾大號的蜻蜓，在秋日晴朗的天空下輕盈的追逐海水

---

[53] Mike Crang著，王志弘、余佳玲、方淑惠譯，《文化地理學》（臺北：巨流圖書，2008），頁154。

[54] 淨土一詞原典出自佛語，指西方極樂世界中阿彌陀佛降生之地。但在後山論述中，指稱的是「極少汙染」的地方。淨土意識是緣於前山的「他群觀點」隨著某些文化人的遷徙或旅居而攜入。顏崑陽，〈後山的存在意識〉，收於吳冠宏主編，《後山人文》（臺北：二魚文化，2008），頁038。

拍岸的泡沫。」[55]暗喻著小鎮的素樸似乎即將迎接著一種命運注定的變化。四十年後夢回青少年舊地的陳雨航恰恰與張愛玲的花蓮行撞個正著，他們曾經在同一個時空背景活動，那年陳雨航十二歲，張愛玲四十一歲。然而他似乎也無意追問自身與地方變動的關係，如果說張愛玲從地景之外的視角與身份介入，離鄉超過四十載的陳雨航，透過青春回望的花蓮，一如他自己所言：「我在小說中並沒有用太多敘述來形容那個變動的年代，只提到登陸月球這件事，相較於那個年代所發生的事，這更為平靜，而我想描寫的，就是這個年代的氣氛。」[56]小說中隱隱以為背景的變動諸如「美國有甘迺迪謀殺案，民權運動遍地開花，在法國、日本皆有學生運動，在中國有文化大革命」[57]也僅僅只是一種背景。

王德威為本書作序時提到：「如果《小鎮生活指南》有任何『指南』的深意，應該是讓「生活」與青春對話吧。」[58]離開青春歲月超過四十載的作家，故鄉對他而言是一個甚麼樣的存在？Tim Creswell探討地方與地景間的轉換時，曾以威廉斯（Raymond Williams）小說《邊界國度》（Border Country）為例。小說中的主角普萊斯離鄉多年後回到威爾斯邊界的童年地方，他早已忘了使這裡成為「地方」的特質：「他看著這些他離開之後的事物而

---

[55] 陳雨航，《小鎮生活指南》（臺北：麥田出版社，2012），頁31。

[56] 京秋，〈靜止在60年代的港鎮生活——陳雨航《小鎮生活指南》〉，博客來OKAPI閱讀生活誌，https://okapi.books.com.tw/article/1469，瀏覽日期：2021.514。

[57] 同前註。

[58] 王德威，〈「生活」與「青春」對話〉，《小鎮生活指南》，頁15。

有所體悟。人們接受了做為地景的山谷，但它的運作卻遭人遺忘。訪客見到了美景，居民見到的是他工作與交友的地方。他閉上雙眼，在遙遠的地方曾經見過這個山谷，但卻是以訪客的眼光、以旅行指南的眼光來看。」[59]陳雨航闊別數十年後以書寫重返舊時地，他的「指南」究竟何所指？小鎮生活「指南」不是旅行指南，陳雨航返歸的是一種淨土似的「靜止的六〇年代」，一種平凡現實中的心靈「地方」。王禎和筆下隱微帶出的集體躁動氛圍，在陳雨航的小鎮中顯得雲淡風輕，他回憶中的青春歲月：「整個世界都好像翻天覆地一般。相對整個世界的大變動，臺灣顯得單純很多；而花蓮之於其他臺灣城市，更顯得遺世獨立。」[60]此種平靜也許只是離鄉遊子對於心目中「地方」一種不變的期待與想像。

小說中離鄉多年的余茂雄「每次回來，都感覺到港鎮的變化，具體的變化容易指出來……讓他怔忡的是一股說不上來的感覺，……每次回來都覺得在熟悉的街路上伴隨著陌生的甚麼，或許是他正快速地遠離這塊生長他的土地的緣故？」[61]他所經歷的情感轉折正如離鄉多年的普萊斯一般「經過兩個月，熟悉感才慢慢返回，但過去那種根植般的篤定看來是一去不復返了。」[62]陳雨航出生於花蓮，他自述因為父親工作轉任，因緣際會下他從美

---

[59] Tim Creswell著，徐苔玲、王志弘譯，《地方：記憶、想像與認同》，頁20。
[60] 京秋，〈靜止在60年代的港鎮生活──陳雨航《小鎮生活指南》〉。
[61] 陳雨航，《小鎮生活指南》，頁39。
[62] 同前註，頁40。

濃人變成了花蓮人，而他對花蓮的感情超越了美濃「如今想來，所謂的『鄉愁』有時並非專指特定的地點和時間；也許，鄉愁就是對於青春感懷時所蔓生的惆悵。」[63]這是他在2002年座談會所言，「空間」的小鎮加上「時間」的青春成為他的鄉愁來源。

顏崑陽論及「後山意識」提到居民的兩種對立性社會行為意向，一種是孽子情結與希求開發；一種是淨土理想與堅持自然。[64]如果將陳雨航視為某一時間點下的「後山居民」，興許他離開花蓮的年紀有點早，這兩種意識對他而言似乎都有點遙遠，花蓮作為相對於西部的地理空間，只是他生命中懷想的一個連結，青春投射的是一種自由和烏托邦想像。[65]然而小說娓娓道來的小鎮小事卻凸顯了個人青春流逝下，已然失去的桃花源。

後山意識中糾纏的兩種行為意向所造成的轉變，在關注生態的作家吳明益身上化為內／外身分的情緒糾結。「每回車行經過木瓜溪，從駕駛座降下髒污充滿刮痕的玻璃，看著山勢從眼前漸遠漸淡時，我有一種難以言喻的情緒，『局外人』，我對自己說。」[66]對於花蓮而言，吳明益的確是身份上的外來者、局外人。然而作為生態作家，他是否在關注大自然變化的過程

---

[63] 陳雨航座談，〈「專業作家」在臺灣的可能性？〉，2002年1月9日，http://www.fengtipoeticclub.com/02Fengti/loloh/loloh-s001.html，瀏覽日期：2021.6.28

[64] 顏崑陽，〈後山的存在意識〉，頁037。

[65] 王德威，〈「生活」與「青春」對話〉，《小鎮生活指南》，頁15。

[66] 吳明益，〈Water and Walker 's Blue 代序〉，《家離水邊那麼近》（臺北：二魚文化，2007），頁3。

中，形塑一種源自大自然的地方感。延續上述有關地方感概念的提出，地方感界定的差異也在於人與地方的實體環境（physical environment）與社會環境（social environment）所產生的連結。Hay指出地方感為人居住在某一範圍與認同的環境中所產生的感受，與居留動機（motivation to stay）、家族背景（ancestry importance）、地方歸屬感（insider feelings）及對地方的依附（attachment to place）有關。[67]Mazumdar等認為地方感為連接人與某一場域的情感與生活型態，連結著地方認同（place identity）、地方依附。[68]由此觀之，文化生態所黏附的強烈在地性，對於生態作家吳明益而言，一如前述瑞夫所提「內在於一個地方，就是歸屬並認同於它，你越深入內在，地方認同就越強烈」[69]，花蓮的文化生態對他而言已不是「局外人」可以過渡的，因而有了痛失「地方」的情結。

他曾提及自己沿木瓜溪而行時，不禁感嘆「有些路段建起

[67] Hay, R. (1998) Sense of place in developmental context. *Journal of Environmental Psychology, 18:* 5-29. 參林嘉男、許毅璿，〈人與環境關係之論述：釐清「地方感」、「地方依附」與「社區依附」在環境研究上的角色〉，《環境教育研究》5.1（2007.09），頁46。

[68] Mazumdar, S., Mazumdar, S., Docuyanan, F., & McLaughlin, M. C. (2000) Creating a sense of place: The Vietnamese-Americans and little Saigon. *Journal of Environmental Psychology, 20:* 319-333. 參見林嘉男、許毅璿，〈人與環境關係之論述：釐清「地方感」、「地方依附」與「社區依附」在環境研究上的角色〉，頁46。

[69] Relph.E. (1976). Place and placelessness. London: Pion.P.49.參考Tim Cresswell，《地方：記憶、想像與認同》，頁74。

美感特異卻與環境格格不入的嶄新別墅」[70]見到沿途出現的採石場、水泥防汛堤道與美化工程阻擋去路。他藉由花蓮在地詩人楊牧的視角，對比著地方的變貌：

> 如果現在到楊牧看著阿美人奔跑捕魚的橋上，往東望美崙溪口擺滿了像是刑具的消波塊，而另一個方向，通過城市的美崙溪床，則在幾年前已被整治成草坪整齊、水道狹窄的運動公園。如果我們不帶任何「評價」的口吻來說，美崙溪現在已經很像一條「現代的城市溪流」。由於通過花蓮市的核心地帶，兩岸的民生、工廠廢水都從水管道流入河裡，美崙溪口的溪水到出海口附近漸漸變得凝重、沉澱、遲緩、黑暗。[71]

　　號稱淨土的東部，從珍惜環境衍生的內在認同使得作家筆下對無地方性的生成感嘆，更顯諷刺的提出「坦白說，我從不認為現階段島嶼東部居民比西部居民更珍惜土地一些，我以為那或許是東部人口較少而已。」[72]不僅僅是美崙溪像一條現代都市溪流，科技時代營造的全球化空間讓許多地方趨於均質化，麥當勞是一個例子。瑞夫提到：「市場的普及帶來了遠方的產品，公路

---

[70] 吳明益，〈Water and Walker 's Blue代序〉，《家離水邊那麼近》，頁3。
[71] 吳明益，〈水在地上輕輕擺尾，把一切藏在河灣之後〉，《家離水邊那麼近》，頁33。
[72] 同前註，頁36。

及大眾運輸工具的增加，則削弱了地方觀念。」[73]里澤（Ritzer）認為：「麥當勞速食連鎖店是這種過程的典型。」[74]臺灣第一家麥當勞成立於1984年，六年後（1990）花蓮設立東部第一家麥當勞。全球化的麥當勞現象標誌著無地方性的漸次蔓延，地方的界線因之模糊化。在此種限於地方的文化越來越少時，地區獨特性的消失隨之喚起了一種地方的創生工程，臺灣東部亦不例外。吳明益從生態的角度尤其關注了這樣的現象：

> 當人們失去一些東西一段時間後，通常它就會成就一種「懷舊」的產業。花蓮近年來頗受注意的一種懷舊產業便是「摸喇仔」（河蜆）。都市人從數百公里外開車或搭火車而來，帶著孩子「享受」原本在城市溪流也能感受的到的樂趣。只不過這種生活其實已非「生活」，而是養殖經營出的「擬態」。[75]

無論是生物學上的擬態或布希亞所謂的「擬像」（simulation）[76]，都是一種被創造的不真實空間，並非地方的真實還原，是一種以「他人導向的」[77]的創造，一種無地方性蔓延

---

[73] Mike Crang著，《文化地理學》，頁149。

[74] 同前註。

[75] 吳明益，〈河口在遠方〉《家離水邊那麼近》，頁70。

[76] 布希亞所指的擬像是一種對從來不存在過的事物的模仿，是沒有原版的複製品。Mike Crang著，《文化地理學》，頁166。

[77] Edward Relph, *Place and placelessness*, Pion, London.1976, p.92.

空間的增生而已。背後的真實充滿弔詭與反證，如吳明益幽幽的敘說：「如果『喇仔』會寫歷史的話，牠們一定不會漏掉祖先在每條溪流被毒水滅族的記憶。」[78]表面的「地方復振」，指涉的卻是一種弔詭的「地方消亡」，一如大自然生物「擬態」的「詐術」。

## 五、結語

　　本論文從不同作家視角探討在時空流轉過程中，文學書寫如何呈現「地方」的生成與消亡。六〇年代張愛玲闖入的東部，涵蓋著不同層次的「邊緣性」，充滿著西部／東部、漢人／原住民、進步／落後的我者與他者間的隔閡。張愛玲以局外人之姿優游花蓮街頭巷尾，她初見東部原住民族的獵奇式描寫及在溝仔尾成為妓女及酒客眼中的「奇觀」，都坐實了她畢竟只是個「觀光客」，但張愛玲以她慣有的細緻筆法描繪了所見所聞，卻又微微透露出小鎮的微妙變化。

　　在地人陳雨航的小鎮「封印」在純樸的六〇年代，一如王德威所言：「他寫時移事往的故事，字裡行間其實看不出年紀，因為他追求的是一種純淨的、本質的東西……」[79]小鎮除了呈現作家多年後對故鄉揮之不去的青春再現外，也架構了一個相對於

---

[78] 吳明益，〈河口在遠方〉《家離水邊那麼近》，頁70。
[79] 王德威，〈「生活」與「青春」對話〉，《小鎮生活指南》，頁15。

西部而言的想像烏托邦。張愛玲與王禎和筆下的小鎮的確有著一層朦朧純淨的面紗，他們筆下的東部相較於西部而言像是遺世獨立，但從她的東部敘事中也見出蠢蠢欲動的經濟變動氛圍。王禎和在《玫瑰玫瑰我愛你》中更是以吧女的生態衍伸出資本主義全球化所帶來的唯利是圖價值觀。

　　陳雨航時移事往的原鄉想像，無法讓時間暫停。新世紀的小鎮，張愛玲與王禎和筆下的溝仔尾，在花蓮文化美學計畫下換裝為（巴黎）香榭大道的地方形象工程；吳明益筆下的美崙溪已然成為「現代的城市溪流」，花蓮觀光業發展下試圖塑造的地方獨特性，換來的也只是一種虛假的地方感。也許從1990年被瑞夫視為是「一切與商業區發展相關事物的縮影」[80]的麥當勞的入住開始，小鎮已經註定了走向無地方性的命運。

---

[80] Relph. E (1981),*Rational Landscape and Humanistic Geography*,Croom Heim, London.p.73. Mike Crang著，《文化地理學》，頁150。

# 柒、
# 從圍城到失城
## ——九龍城寨的前世今生

## 一、前言

　　九龍城寨[1]在歷史上有著複雜的身世，早於宋代即已是官方鹽場所在，清代曾為海防重要基地。1842年香港成為英國殖民地，清廷為監視英國在港行為於1847年擴建寨城，其時兩廣總督耆英在奏摺中提到：

> 查九龍山地方，在急水門之外，與香港逼近，勢居上游，
> 香港偶有動靜，九龍山聲息相通……今於該處添建寨城，
> 用石砌築，環列礮台多安礮位，內設衙署兵房，不惟屯兵

---

[1] 原名九龍寨城，亦有人習慣稱為「九龍城砦」，名稱源於當年九龍城寨以石塊築城，故命名時使用「砦」字。魯金，《九龍城寨簡史》（香港：三聯書店，2018），頁7。

操練足壯聲威，而逼近夷巢，更可藉資牽制，似於海防大
有裨益。[2]

　　1898年6月9日（清光緒二十四年四月二十一日）中英〈展拓
香港界址專條〉割讓香港最後一部分九龍半島北部與新界，但境
內九龍城寨仍歸屬清廷，因而形成了香港殖民地內的一塊內飛地
（enclave），孤立於英國殖民地內的飛地隨著時間積累，生成一
個多元而矛盾的空間，但也因為英國1899年強行以武裝驅離清政
府官兵，此地一度成為荒蕪之地。日後在香港人眼中充滿了神
秘、疏離，且令人生畏之處。英國建築師林保賢（Ian Lambot）
提及一個經驗，當他告知朋友自己曾經在九龍城寨暫留一段時
間，朋友半開玩笑的說可能永遠見不到他，這些人「從來沒有到
過城寨，頂多偶爾到附近九龍城區的泰國餐廳吃飯，他們很少
親眼目睹城寨——有的話也只是遠觀。」[3]九龍城寨之所以成為
令人聞之色變的空間，並非緣自眾多人的親身見證，1899年以來
中、英雙方就管轄權問題拉鋸成了一個死結。滿清覆亡後，國民

---

2　（清）文慶、賈楨、寶鋆等纂輯，〈耆英奏九龍山逼近香港亟應建立城寨以資
　　防守摺〉，《籌辦夷務始末》（道光朝）（北京：中華書局，1964），卷七十
　　六，頁3010-3011。1847年所指為增建城牆「九龍寨城，原位於賈炳達道以北，
　　東繞東昇街，西及聯合道，北至東頭村道範圍內；建於前清嘉慶十五年（一八一
　　一），道光二十七年（一八四七）增建城牆……。」蕭國健，〈香港九龍城內之
　　古蹟考〉，《香港前代史論集》（臺北：臺灣商務印書館，1985），頁274。
3　林保賢，〈虛妄與真實〉，收於Greg Girard（格雷格・吉拉德）、Ian
　　Lamibot（林保賢），《黑暗之城：九龍城寨的日與夜》（香港：中華書局，
　　2015），頁7。

政府未續派官員接手，此地原不歸屬英國殖民管轄，二十世紀初中國軍閥割據，戰亂頻仍，又爆發國共內戰，無心處理九龍城寨問題。長久以往，城寨成了「香港政府不敢管、英國政府不想管、中國政府不能管」的三不管地區[4]，一個被視為犯罪者麇集的「人間魔窟」。

1993年九龍城寨走入歷史，同年林保賢和加拿大攝影師格雷格‧吉拉德（Greg Girard）以鏡頭記錄清拆之前的九龍寨攝影集出版，讓蒙上神祕面紗的城寨以影像現身。[5]2014年攝影集增訂版出版時，香港蘋果日報在報導中提到「復刻」是：「為城寨平反，用嶄新的角度看黃賭毒以外的城寨風情和人情，彌補前書不足。記錄城寨從一片荒地發展成為有逾三萬人聚居的社區，到被清拆的戲劇性建築演化過程（dramatic evolution），當中涉及歷史和政治因素也是我們昔日未觸及的。」[6]從曾經的軍事要塞到三不管空間到各色藏汙納垢的匯集地，九龍城寨這一座充滿魅力的貧民窟，走入歷史後除了攝影集的復刻外，它奇特的末世隱喻與未來世幻想重新活躍在文學、影視、動漫、遊戲中，甚至傳之海外。[7]

---

[4]　陳文龍，〈我的城寨童年回憶——「三不管」的香港九龍城寨〉，https://www.thenewslens.com/article/98591，瀏覽日期：2021.2.12。

[5]　最早以九龍城寨為對象的攝影集是宮本隆司於1988年出版的《九龍城砦》。

[6]　〈周日風景：城寨復刻　撿一瞬被遺忘時光〉，《蘋果日報》，2014年4月13日。引自關懷遠，〈從歷史裡走出來的九龍城寨〉，《文化評論》43（2014.11），https://www.ln.edu.hk/mcsln/archive/43rd_issue/about_us.shtml，瀏覽日期：2021.4.22。

[7]　2005年12月神奈川縣川崎市一個集遊戲中心、網吧、飛鏢、桌球等於一身的大型

也斯針對城寨的拆遷如此敘述：「巨大的鐵鎚敲碎了牆壁。九龍城寨遷拆了。重新思考這個空間，不是為了懷舊，是為了更好地思考我們生活其中的空間吧！」[8]1984年中英針對香港前途問題發表聯合聲明，宣告了香港進入1997年7月1日移交前的過渡期，也宣告了1842年以來的英國殖民步入尾聲，卻開啟了香港社會群體的焦慮期。香港作家別以不同方式敘說「我城」，西西〈浮城誌異〉（1986）書寫香港前途寓言；董啟章「V城系列」有意把香港歷史空間化，從不同斷層間穿刺這座城市的過去和現在，凸顯香港歷史地理的駁雜化；心猿（也斯）的〈狂城亂馬〉（1996）以嘻笑怒罵的方式，速寫九七前香江的狂亂現象；潘國靈、韓麗珠（1978）經典重寫《我城》為「我城05」版，與其他漫畫家和劇場創作者的作品集為《i城志》（2005），藉此一方面指向七〇年代香港本土文學的經典重構，一方面以此思考香港的「城市」複雜性。[9]香港群體的不安從作家前仆後繼述說有關這座城的故事得以觀察一、二。因此，城寨消失之後的復刻、重寫或可視為香港人針對空間隱喻的某種移情作用，九龍城寨對不同世代的香港人而言，失憶、記憶、回憶間的千絲萬縷，對於重新思索「香港」的所在究竟有何種意涵？為本論文所欲探討的。

---

娛樂中心「ウェアハウス川崎店」開業，此處被稱為「電腦九龍城」，各式懷舊裝潢有如回到九龍城寨，此娛樂中心於2019年11月結束營業。

8　也斯，〈九龍城寨：我們的空間〉，《華僑日報‧文廊》61，1994年01月09日。

9　王德威，〈香港──一座城市的故事〉，《如何現代，怎樣文學？》（臺北：麥田出版社，1998），頁279-305。劉秀美，〈一座「城」的故事〉，《哈佛新編中國現代文學史》（臺北，麥田出版社，2021），頁364-368。

## 二、殖民地之中的「自由」之城

　　英國百年殖民將原是小漁村的香港，塑造成國際東方之珠，但為何對九龍城寨的頹敗視而不見？形成一地兩個世界。追索所有的根源來自前述論及的屬地爭議。民國以後，九龍城寨在法律上仍然是中國領土，而實質上卻是「無主之地」，心理上又是港人連結舊中國的地方。陳智德提到1953年侶倫在〈故居〉一文中的描述，是他所讀到戰前從啟德濱外圍望向九龍城寨地貌最完整的記錄。[10]這一段極富田園詩歌般的景象，很難與傳說中的九龍城寨地景想像一致，侶倫寫道：

> ……沿住屋外有一個寬廣的，鋪了花磚子的迴廊式的陽台，……可以看見由高聳的獅子山下面伸展過來的一塊巨幅的風景畫：一簇簇蒼翠的樹木和一片灰色的屋頂──是一世紀來不輕易變動的古風的殘留。隱蔽在灰色之中的，是村落，工場，醬園，尼庵，廟宇，園地和人家。一個小丘橫在那裡，小丘的中部，像腰帶似地鑲著古舊卻還完整的九龍城的城牆。[11]

---

[10] 陳智德，〈白光熄滅九龍城〉，《地文誌：追憶香港地方與文學》（臺北：聯經出版社，2013），頁26。

[11] 侶倫，〈故居〉，《無名草》（香港：虹運出版社，1950），引自陳智德，《地文誌：追憶香港地方與文學》，頁25-26。從一張1924年拍攝的照片的確可見城

侶倫其時住處正是啟德濱的新建築，「向水屋」所見的村舍、作坊、醬園、尼庵和廟宇等田園風光，爾後也記於他的〈向水屋追懷〉中[12]，從文中可以看到城寨城牆尚未拆除，雖古舊但仍完好的將城寨包覆在內。侶倫於一九二〇年代末居於向水屋，這般風景應是二、三〇年代從啟德濱望向九龍城寨方向，尚能見到部份看似寧靜的鄉村景緻。根據文獻及照片資料紀錄，三十年代前的城寨一直處在無人管理的情況，一九二〇年代城寨南牆已經崩塌，許多建設如龍津碼頭、官衙和一些民宅或廢棄不用或傾頹，數以千計來自潮州的寮屋居民在城寨周圍山丘養豬和家禽。[13]侶倫詩意的描述興許就是在這樣無人管轄下自由發展的村舍、作坊、醬園等田園風光，從舊城照片中可以得知，1937年的城寨呈現一幅菜園遍佈的景象[14]，與侶倫的描述若合符節。

　　文學作品如何想像、回應已然逝去的空間？林蔭《九龍寨煙雲》（1996）中隨著兩位成長於城寨的青年韋天和光仔的四處遊蕩，賭場、滿佈白粉檔的「電臺」（他們將吸食白粉比喻為「上電」）、老人院、古炮、廟宇一一登場，兩人為了捕狗賣錢，

---

　　牆像腰帶鑲於小山丘中部，《黑暗之城：九龍城寨的日與夜》，頁153。
[12] 侶倫〈向水屋追懷〉，《向水屋筆語》（香港：三聯書店，1985），頁226。
[13] 茱莉亞·威爾金森（Julia Wilkinson），〈九龍巡檢司的要塞〉，收錄於《黑暗之城：九龍城寨的日與夜》，頁164。
[14] 魯金，《九龍城寨簡史》，頁124。

「伏在一個小丘上窺望」準備射殺野狗販售[15]。侶倫筆下的小丘鑲著腰帶似的九龍城寨城牆，林蔭小說中的小丘卻是埋伏殺狗之處，城寨面目千變萬化。雖然二人所寫的小丘未必是同一座，但城牆的確隔絕了城寨內外世界，彷彿這是一個虛構的城市，然而城寨小店播放的「麗的呼聲」似乎又提醒著城牆之外的殖民世界。韋天和光仔在雲吞麵店忘我的投入了木匣子傳出來的蒼老聲音，小小年紀的兩人暫時忘記城寨以及自身家庭與身世的煩惱，直到節目播放完畢，響起英國國歌才轉回。「麗的呼聲」1949年登陸香港至1973年停播，九龍城寨在政治歸屬上雖然不受英國殖民，但殖民者的廣播卻隱喻著此處成為各處人馬覬覦的對象，包括英國殖民者的虎視眈眈。

1987年中、英雙方協商後，港府於一月十四日宣布將清拆城寨，改建九龍城寨公園。消息一出令部分港民震驚，他們以為城寨早已不存在了。自1942年日本佔領香港，拆除城寨圍牆擴建啟德機場，便打破了這座圍城的封閉性，卻也引來大批無家可歸的浪遊者遷入，此三不管地帶像巨獸般日益「長大」的樓宇，迷宮般的巷弄，成為外人眼中萬惡淵藪之地。《九龍寨煙雲》中的韋天和光仔涉足黑社會之始，即是扮演「馬仔」招攬客人前往城寨觀賞脫衣舞孃，五〇年代的九龍城寨「表演脫衣舞，是一項包庇者和『撈家』們的作家宣傳傑作。表演脫衣舞只是一道幌

---

[15] 林蔭，《九龍城寨煙雲》（九龍：獲益出版社，1996），頁27。

子，真正目的是引導人們進去賭錢、吸毒和吃狗肉。」[16]然而，如何詮釋這三不管地區？如同潘國靈〈遊園驚夢〉中的父親對女兒妹頭解釋：「三不管，哎！怎麼說呢，中英港，唉，政治的東西不好說，總之，就像你這個小丫頭一樣，冇王管，冇王管就自己管自己囉。」[17]表面上三不管導致此處成為犯罪的天堂，黑社會分子遁入迷宮般的城寨，港警完全失去功能。另一面卻又象徵著無法可管下的自由，韋天和光仔假扮學生第一次參加運毒時就被叮囑：「如果差人要搜書包的時候，你們就飛快地跑進城寨去。」[18]城寨內曲曲折折的巷弄便於隱身，非寨中人無法穿梭其間。這座政治上、建築上難以定位的城市充滿了人事的「不得其所」（out-of-place）：

> 當一件事被判定為『不得其所』，他們就是有所逾越（transgression）……逾越本然是個空間概念。逾越的這條界線通常是一個地理界線，也是一條社會與文化的界線。[19]

九龍城寨的地理界線充滿曖昧與弔詭，城寨是犯罪者的天下

---

[16] 魯金，《九龍城寨簡史》，頁138。

[17] 潘國靈，〈遊園驚夢〉，《滄浪》20（2001.01），頁6。

[18] 林蔭，《九龍城寨煙雲》，頁77。

[19] Tim Cresswell著、王志弘、徐苔玲譯，《地方：記憶、想像與認同》（臺北：群學出版社，2006），頁164。

也是護身符，是既貧窮又滿佈金錢誘惑的地方，也是眾多在香港流離失所者的庇護所。

　　從建築學的角度而言，看似毫無章法且無限延伸黏附的建築，卻是建築師眼中望塵莫及的烏托邦。[20]香港建築師陳喜漢曾說：「空間、時間、物質和社會的結構愈是有彈性和模糊，整體結構就愈穩定。」他同時以塊莖解釋了這樣的現象[21]。德勒茲（Gilles Deleuze）和加塔利（Felix Guattari）的根莖理論的確適足以說明這座城市的亂中有序。

> 一個根莖可以在其任意部份之中被瓦解、中斷，但它會沿著自身的某條線或其他的線而重新開始。……所有根莖都包含著節段性的線，並沿著這些線而被層化、界域化（territorialiser）、組織化，被賦意和被歸屬。[22]

　　一座盤根錯節的城市，不見天日的連棟屋舍，天台上交纏的魚骨天線，沒有嚮導無法前進的迷宮街道，但對於寨民而言，

---

[20] 城寨之所以迷人在於「在整個現代主義時期建築師試圖做卻做不成的事，城寨全都做到了……城寨違反建築學甚至工程學的一切傳統常規，沒有表現等級制度或用途分區的準則，完全是在無政府狀態下發展，不但發揮了功能並且繼續成長，而這種成長方式，由建築師設計的建築物是難以想像的。」彼得‧波帕姆（Peter Popham），〈九龍城寨──本來面目〉，收錄於《黑暗之城：九龍城寨的日與夜》，頁83。
[21] 同前註。
[22] 〔法〕德勒茲、加塔利著、姜宇輝譯，《資本主義與精神分裂（2）：千高原》（上海：上海世紀出版，2010），頁10。

這些在外人眼中纏繞無序的景象，他們總是能尋著它的主根且熟練地穿梭其間。這座沒有建築藍圖的城市，居民就是它的設計師，一切的設計隨著常民生活所需而生。恰如美籍建築師何異（Suenn Ho）所說：「九龍城寨並非失敗的城市形式，而是理想的形式。」[23]除了建築上的無章法美學外，城寨的理想形式還表現在人情世故中。在物質生活普遍不富裕的年代，城寨匯集的無照醫生，廉價的消費嘉惠了不少的民眾，許多香港人對城寨印象最深刻的就是招牌林立的牙醫診所。孩童時期的陳智德以「恐怖」形容這樣的經驗：「不過最恐怖的，莫如給父親帶到九龍城寨的簡陋牙醫診所脫牙，只為著老牙醫是他的朋友。經驗豐富但沒有專業認可資格的老牙醫，沒使用任何麻醉藥物，以簡陋工具把未完全鬆脫的乳齒用力拔出。」[24]其實城寨內的醫生並非全部無照，只是香港不承認他們的專業，只能藏身城寨。九龍城寨由此交織出一種建築界的烏托邦與日常無序、雜亂、罪惡的惡托邦之城。

《獨立報》記者彼得‧波帕姆（Peter Popham）針對親身對城寨觀察提出以下觀點：「城寨的迷人之處，在於它雖有可怕的缺點，但它的建造者和居民所成功創造的事物，是擁有一切金錢資源和知識的現代建築師所無法做到的：……不斷因應使用者

---

[23] 〈反烏托邦之城、香港史上惡名昭彰的建築巨獸 —— 九龍城寨〉，https://moom.cat/tw/post/feature/city-of-darkness，瀏覽日期：2021.3.5。
[24] 陳智德，〈白光熄滅九龍城〉，頁33。

的不同要求而變化……。」[25]百年歲月，城寨兀自長出了它的生命，曾經孤獨的矗立於殖民地的土壤上，以夾縫中的自由編織海納百川的身世。


## 三、圍城內／外

　　九龍城寨作為香港的城中之城，在香港百年殖民史中形成一種曖昧與對應的存在。香港在殖民群體華／洋身分的區別下，華人成了認同上的他者，然而在華人群體中，九龍城寨的政治歸屬與香港兩地發展的差距，也形成了地理認同上的互為他者。Mike Crang論及關係性的認同時說：「群體居住的所在界定了他們，而該群體也反過來界定了那個地方。……在界定『他者』群體時，空間至關重要。認同在不平等的關係中建立……。」[26]九龍城寨因其在政治上的歸屬，一度成為香港華人懷想舊中國的地方，但又因其惡名昭彰，而成為香港土地上的一處「異域」。

　　然而，城寨內部雖然昏天暗地、黑道各據一方，卻並不如外界想像中的一片混亂，城寨內的黑幫和民間組織共同建構了一種穩定的地下秩序；尋常百姓對於當街賣白粉、黑道拚搏的場景雖不陌生，但現實並不如外界想像的滿街可見的妓女、道友，「傳

---

[25] 彼得・波帕姆（Peter Popham），〈九龍城寨——本來面目〉，頁81-82。
[26] Mike Crang著，王志弘、余佳玲、方淑惠譯，《文化地理學》（臺北：巨流圖書，2008），頁81。

說中的城寨為它建立了一道無形的牆壁,將它與『正常』的、『主流』的生活世界劃分開來。」[27]這堵牆所畫出的內／外差異非主流世界所能置喙,電影《追龍》中的華人總探長雷洛,作為外來的群體,一進到城寨,所有的頭銜、身分英雄無用武之地,城寨與外界的無形牆,彰顯了城寨世界的排他性,以致於雷洛也必須在城寨黑幫社會的規矩下行事,無能例外。然而,無論外人如何看待,九龍城寨穩定的家域性,不管喜歡、討厭與否,那都是他們的「家」。

　　《九龍寨煙雲》中的韋天坐了二十七年的冤獄,出獄後無親無故,獄中認識的好友又死於非命,他重回舊地「這個他少年時代招徠路人,用私家車載往九龍城寨觀看脫衣舞的地方,除了枝葉茂密的大榕樹外,一切對他都是陌生的。」[28]城寨除了歷經時間的變貌外,韋天面對的是這曾經的懵懂之地,曾經有過荒唐歲月之處,也是讓他走入赤柱監獄的地方,即將走入歷史。頭髮斑白的他眼看著外籍高官的致詞:「……這個百多年歷史遺留下來的『三不管』地帶將會從此煙消雲散……。」[29]無論三不管背後象徵的是何種不堪,對於韋天而言,這本來是他唯一能尋得歸屬的去處,一個能稱得上「家」的地方。這樣的情感依附無關外人的視角與評價:

---

[27] 呂大樂,〈傳說中的「三不管」地帶〉,收錄於《黑暗之城:九龍城寨的日與夜》,頁277。

[28] 林蔭,《九龍城寨煙雲》,頁227。

[29] 同前註,頁282。

家鄉是親切的地方。它可能很平淡，沒有特殊的大建築物，也沒有歷史的魅力，然而我們憎恨局外人去批評它，它的醜陋沒有關係，當我們的兒童時代，攀登它的樹，在它的有裂縫的路上腳踏車，在它的不清澈池塘游泳，它的確不甚完美，但是沒有關係。[30]

　　九龍城寨內的住民，童年可能是穿梭在滿佈魚骨天線的天台看飛機、創造夢想，可能是光著身子在路邊的水喉洗澡，簡陋、貧窮、吵雜、凌亂但「沒有關係」，世代居住城寨的家族早已盤生出了自己的根。《城寨風情》中的兩家人四代居於此，面臨城寨拆遷之際，他們高喊著：「生於斯，長於斯，我們對城寨有感情。」[31]，城寨被他們視為根之所在。事實上，觀諸九龍城寨居民遷徙史，根的認同緣由在於，生於斯長於斯的寨民別無去處，城寨是他們最後的容身之處。

　　二十七年後返「家」的韋天目送著即將煙消雲散的城寨，像是一場不得不告別的儀式。〈遊園驚夢〉中的女兒妹頭七歲離開城寨，那一年城寨拆遷，她的城寨光陰僅餘一些食物記憶。反而關於出生地，她隱約知道那不是甚麼光彩之地，父親在她上一

---

[30] Yi-Fu Tuan著、潘桂成譯，《經驗透視中的空間和地方》（臺北：國立編譯館，1998），頁137。

[31] 杜國威，《城寨風情：杜國威舞臺劇本全集》（香港：次文化有限公司，1998），頁128。

年級時還叮囑她：「妹頭，不需要向人家說妳從城寨來呀，知嗎？」[32]小說中的父女一直沒有特意前往1995年新落成的九龍城寨公園，對女兒妹頭而言，九龍城不存在她的懷舊記憶中；對父親而言，親身經歷過城寨化為烏有，不忍回看，「七年前親眼目睹大鐵鎚在空中拋物線飛旋，每一擊點，便將城寨一幢樓宇粉為瓦礫，當下我的心亦被粉碎一樣，並默默宣告──城寨已死。」[33]

重回舊地的韋天趕上工程吊機準備拆卸城寨的一幕，舊地重遊的妹頭父親見到面目全非的新處（公園），現代公園保留著城寨的部分遺留物，〈公園碑記〉刻著：「九龍寨城佔地二萬九千平方米，位於賈炳達道公園之東北角，即是昔日三萬三千人蟻居之所」[34]，七歲離開城寨的妹頭不識「蟻居」之意，那個地小人多被形容要「貓」著行進的地方。九龍寨公園的設計說明中指稱「公園的設計揉合了園林景色和城寨獨特的歷史」，但父親卻質疑「園林景色倒是有的，可城寨獨特的歷史呢？」[35]新式公園保留著部份城寨遺跡，遺跡喚不回城寨人的地方感，但亦往亦今的城寨公園卻交錯著那已然逝去的城寨歲月，讓城寨人在時間之流中成為一個「外人」，如小說中的父親看到展示牌上寫著：「為讓市民欣賞重要的考古發現及緬懷寨城的昔

---

[32] 潘國靈，〈遊園驚夢〉，頁5。
[33] 同前註，頁6。
[34] 同前註。
[35] 同前註，頁5。

日風貌，政府接納古物諮詢委員會的建議，決定把南門遺址原地保留供市民參觀。」[36]此時此刻讓父親瞬間覺得自己成為「一名外來參觀的市民」。[37]城寨拆了，一無所有的韋天無家可歸，妹頭的父親呢？「人類社會向來就有各式各樣的無家可歸狀態（homelessness）。沒有家不單單意味缺少我們（主要是當代已開發世界的居民）稱為家的東西。無家可歸多半是以跟特殊形式的地方斷絕關係來界定。」[38]城寨公園化讓妹頭的父親也無家可歸了。

城寨消失，城寨歲月彷彿雲時間歸零，城寨似乎不曾存在過，不被承認的經驗，但又矛盾的成為一種歷史刺青、歷史包袱，讓走出城寨的人必須隱瞞身世。

## 四、失城之後

「……又見秋水遠連天上月，團圓遍照別離身，水月鏡花城幻夢，茫茫空色兩無憑……空抱恨。琵琶休再問，惹起我青衫紅淚更銷魂……。」[39]雨夜中的粵曲〈客途秋恨〉委委屈屈，預示了脫衣舞孃花妙玲早逝的命運，也唱出了城寨的終必歸零。

1987年港府宣布清拆九龍城寨，城寨彷如從虛擬世界落入現

---

[36] 同前註，頁9-10。
[37] 同前註。
[38] Tim Cresswell著、王志弘、徐苔玲譯，《地方：記憶、想像與認同》，頁177。
[39] 林蔭，《九龍城寨煙雲》，頁52-53。

實空間，一時間驚動了城外的世界。穿梭魚骨天線間的城寨兒童，還來不及與日日飛過城寨上空的飛機共創夢想，啟德機場也走入了歷史。九龍城寨在重型機具出動下夷為平地，僅存的遺跡留存在九龍城寨公園供人憑弔，標誌著九龍城寨將在時間之流中逐漸為人遺忘。然而，歷史的命運卻無法完整的描繪九龍城寨，「生前」與世隔絕，為世人刻意遺忘、忽略，令人驚異的是，除了前述攝影集的「復刻」，文學作品的想像與回應外，現實中的九龍城寨消失了，傳說卻移形換位在遊戲、漫畫、電影及各式娛樂中成為賽博龐克（Cyberpunk）⁴⁰的最佳代表。為何九龍城寨會成為賽博龐克世界的寵兒？事實上，一九八、九〇年代賽博龐克小說的一大特色就是蔓延城市，而未來城市的蔓延常被描述為一種人口過剩與無紀律狀態的惡托邦⁴¹。九龍城寨歷史上的三不管以及無限增生的連棟屋舍恰恰如未來都市蔓延下的惡托邦世界。消逝後的九龍城寨忽然活絡起來，像是一個逆向操作的商品，主打黑暗，卻如此這般擾動人心，此種重生與城寨的廢墟性質為現代

---

40　一九八〇年代賽博龐克興起，成為公認的文化類型，包括音樂、影片、小說與視覺文學（Craphic Novel），它挑戰了關於未來都市蔓延的普遍悲觀精神。一九八〇年代初期個人電腦問世，而賽博龐克的起源便是對於個人電腦未來衝擊的意識。……賽博龐克以「暗黑未來」（Future-noir）美學融合高科技與龐克反文化、融合肉體與機械（通常是電腦）、融合虛擬與物質，它採用大戰過後蕭條、敵托邦式的都市未來，並將崇高美感及激進的新社會文化可能性灌注其中。Paul Dobraszczyk（保羅・多伯拉茲克）著，韓翔中譯，《未來城市：漂泊・垂直・廢墟：虛構與真實交織的人類世建築藍圖》（臺北：臺灣商務，2021），頁199。

41　同前註，頁196。

都市的發展帶來了巨大隱喻下的吸引力,「廢墟呈現眾多有力的隱喻,在啟發人的同時也令人感到困擾。深入思考城市作為廢墟的暗示——都市化本身就是無可避免的廢墟化過程——城市的毀壞及建造趨勢兩者或許是可以調和的。」[42]九龍城寨惡托邦式的暗黑美學預言化的結合了未來都市想像,成為虛擬世界諸多想像與調和的來源。

日本攝影大師宮本隆司曾經花六年時間深入九龍城寨拍攝記錄,於1988年發表《九龍城砦》。1995年他重回城寨原址,對於新建的城寨公園失望的表示:「因為太美麗了,完全失去人類力量的展示。」[43]九龍城寨因而顯出了它破舊、陰暗、醜陋下的「力量之美」。他的攝影集成為堪稱有關九龍城寨最為經典的遊戲《九龍風水傳》(1997年2月推出)的創作參考。除了遊戲外,城寨在動畫、電影中重生,無論是否親身經歷城寨歲月,「這個背負殖民者的恥辱,在香港似有還無地存在過的城中之城,在一次形象化的『拆卸』後,正式被隱沒。然而,迷宮裡的內涵和意象,開始寄生於不同媒體中,縈繞不絕。城寨繼續迷失,卻從未消失。」[44]2005年,日本川崎開設了一家以「香港九龍城寨」為主題的電玩城,一個大致複製了九龍城寨樣貌的娛樂中心。消失的城寨在日本還魂,且引起廣大的關注,2019年電玩

---

[42] 同前註,頁220。
[43] 梁慧玲,〈九龍城寨Cyber版再見〉,《明報》C17,1998年10月16。
[44] 同前註。

城不明原因宣布結束營業時，甚至引起日本民眾一陣嘩然，透過這樣的娛樂場，日本群眾對重生的香港九龍城寨產生了一種難以割捨的跨域地方感，有人直指「Warehouse川崎店不單是個遊戲機中心，更是個能穿越香港時光的空間。這裡結業實在相當可惜，我希望香港的朋友能知道在日本存在一個這樣的地方。」[45] 城寨走出歷史後，跨境渡海延伸四處，成為外人追逐的目標。城寨歷史意義與象徵在港人的集體意識中究竟扮演何種角色，遂成為弔詭的疑問。

麥繼安評《九龍城寨煙雲》時說：「幾十年前的九龍城寨，對老一輩的香港人來說，是懷舊的一頁片段；對於新一代來說，則是好比外太空星球的傳奇地方。」[46]對於大部分城寨之外的香港人而言，九龍城寨與他們的日常並無牽扯，因此城寨的去留多數人是「無感」的。百年孤立的飛地長久以來成為香港的一個矛盾映照，香港的規範與城寨的無序；香港的殖民身分與城寨的自由之身，因此儘管它背負著醜陋、黑暗、卑下與失序的惡名，在滿清喪權辱國的恥辱中，它卻是僅存的一點尊嚴象徵。失城之後城寨以不同姿態在香港電影中重生，《O記三合會檔案》《1999》、《龍城歲月》（2005）、《鬼蝛》（2006）、《三不管》（2008）、《追龍》（2017）等都浮現著九龍城寨的身影。

---

[45] 〈日本網友傷心大悲報！日本人氣九龍城寨大型娛樂設施「ウェアハウス川崎店」確認結業〉，https://www.likejapan.com/，瀏覽日期：2021.3.22。

[46] 麥繼安，〈不是過眼雲煙：林蔭的九龍城寨煙雲〉，《作家雙月刊》1（1998.05），頁31。

如王晶導演的《O記三合會檔案》藉由黑社會三合會回溯九龍城寨風光，電影中有一句台詞如此說：「這裡不亂，而且還挺有規矩的，誰最有勢力就誰做主。」電影情節借用了九龍城寨內的江湖情義，試圖澄清外界對於「亂城」的誤解。照片呈現的城寨人情、電影江湖道義的彰顯是否能為消失的城寨復名，不得而知。但城寨失去後才被視為香港的一份子，成為香港文化符號之一，卻是不爭的事實。呂大樂指出九龍寨具有的意義：

> 它代表前殖民地城市生活中有趣的一面，即亂中有序（但對大部分沒有在該區生活過的人來說，根本就不懂如何解讀裏面那種——很大程度上只有區內街坊才會懂的——生活秩序）；它代表草根的多元性格和活力（不過在它拆卸之前，很少人真的想知道在該區生活的滋味）；它那森林模樣的城市生態和好像擁有生命力的建築結構代表著香港人的韌力和靈活性（可是，熟悉香港社會的觀察者一定會指出，像木屋、僭建露台，及其他在高密度的生活環境裏非法的但卻能巧妙地運用空間的外牆裝置，曾經是隨處可見，而城寨在這方面不算特別）；它是由下而上自發的創意與創新的象徵（可是，必須再次指出，這是香港社會本身的特點）。[47]

---

[47] 呂大樂，〈傳說中的「三不管」地帶〉，頁278。

其中韌力、靈活性、創意與創新是與香港相符的特點。九龍城寨在建築界視角中頗具理想形式的亂中有序，正是二十世紀以降未來城市朝向一種更加具有彈性的烏托邦理想城市發展的願景；但另一方面九龍城寨又具備未來都市無限蔓延的惡托邦特徵。凡此在人口日益密集化的香港人眼中，充滿矛盾的城寨實體雖然遠去，但以品牌之姿再次登場的九龍城寨，重生後的魂兮歸來成為香港文化的象徵也就不足為奇了。

現實中的九龍城寨曾經像塊莖一樣綿延增長，自我延展出一座龐大的令建築界大開眼界的美學之城。虛擬世界的城寨一樣枝節蔓生，2017年《九龍風水傳》續作PSVR遊戲《九龍風水傳VR朱雀》發行，向來被視為邪典遊戲的《九龍風水傳》蔓生出的還有漫畫《九龍Generic Romance》（九龍ジェネリックロマンス），創作者眉月淳中學時期瘋迷《九龍風水傳》，因而衍生了以九龍城寨為漫畫題材的想法。二十三年後《九龍風水傳》續集《KOWLOON'S RHIZOME》將於2021年秋天發表，[48]內容以前作時間1997年後28年的香港也就是2025年為背景時間。以九龍城寨為藍本的遊戲、漫畫不在少數，余詠良改編自己第一本小說《九龍城寨》的漫畫至今仍然是香港最受歡迎的作品之一，其後以電

[48] 〈傳說中的邪典遊戲《九龍風水傳》續作：1997年28年後的香港《KOWLOON'S RHIZOME》，〉https://www.likejapan.com/anime/kowloons-rhizome/，檢索日期：2021.2.23。

子遊戲、桌上遊戲及電台節目出現，吸引大批讀者，甚至將自己打扮成漫畫角色，到與城寨環境相似的地方拍照。[49]

　　除了香港文化符號的重構外，九龍城寨的百年身世作為香港的對應地，從夾縫中的自由之地到煙消雲散轉而還魂歸來，對於自七〇年代以來開始追尋本土意識的戰後土生一代，九龍城寨成為他們思索自身處境及反思城市發展下社會變貌的存在。對於新生一代而言，九龍城寨公園的遺跡無法召喚他們對城寨的想像與認知，除了石碑及公園種種設施的說明外，舊城寨與新一代不在同一個時空中，城寨只是香港土地上曾經錯置的蕞爾之地與他們擦身而過。然而賽博龐克的迷人魔境，對香港新一代來說，好比外太空星球的傳奇地方。阿麗森・蘭斯伯格（Alison Landsberg）曾以義肢記憶（Prosthetic memory）解釋在大眾文化時代下所產生的新型大眾文化記憶，強調即使在現實生活中未曾經歷的歷史經驗，仍可能經大眾媒體的再現而形塑某種文化記憶。[50]流行文化成就了消失的城寨再生，且成為新一代認同與反思下的香港文化符號表徵。[51]

---

[49] 喬恩・雷斯尼克（Jon Resnick），〈流行文化與城寨〉，收錄於《黑暗之城：九龍城寨的日與夜》，頁362。

[50] Alison Landsberg, Prosthetic Memory: The Transformation of American Remembrance in the Age of Mass Culture. New York: Columbia University Press, 2004, p. 31.

[51] 與九龍城寨相關的流行文化甚多，本文僅就現象討論，不一一就個別文本進行討論。

# 五、結語

　　九龍城寨無疑是「時代的矛盾」[52]下的存在，被視為黑暗之城的「飛地」，一個被香港、歷史「包括在外」的地方，卻意外成為眾多無處可去者的自由之地。飛地時期的城寨是無政府下的「自由之地」，三不管的聞之色變空間，從另一個面向而言卻是在政治上擁有某一種自由度。從香港的歷史身世觀察，九龍城寨主權的歸屬對應著香港終究為中國領土的歷史事實。城寨遺留物與實存的空間已經有了距離，也斯提到自己的感受：「我走在那些舊物之間，看著那些拆下來陳舊的招牌，撿回來的算盤、帳簿、舊照片，帶給我一個舊日城市的幻象，種種曖昧的符號，指向許多古怪的可能的解釋，但我知道，這些離開了脈絡的符號、散亂的物質，並不完全等於一個實在生存其中的空間。」[53]

　　九龍城寨曾經是一座「遺忘之城」，儘管寨內充滿底層人們的韌性與活力，櫛比鱗次的擁擠屋舍，不分日夜的暗城市，多少人在其中努力生活。與英國殖民地的香港人民僅牆裡牆外之隔，但這座城市似乎被世界遺忘了，寨內人民兀自生成一片自給自足的暗世界，直到城寨即將拆撤，寨外世界恍然大悟的「看見」了

---

[52] 陳冠中，《活出時代的矛盾》（香港：香港理工大學賽馬會社會創新設計院，2014）。

[53] 也斯，〈九龍城寨：我們的空間〉，《華僑日報·文廊》61，1994年1月9日。

它，然後無感的將城寨推入歷史。九龍城寨曾經是一座「記憶之城」，這番記憶必須對號入座，不曾生活其中的人無法領悟這份記憶。《九龍城寨煙雲》中離開二十七年的韋天，城寨是他一生之所繫，祖母的溫情也好、苦澀的戀情也罷，又或者為少年摯友所背叛的痛，都是這座城市讓他有所歸屬的回憶。失去城寨，回憶無從安放，就像〈遊園驚夢〉中的父親，城寨遺跡來到新建的城寨公園，勾起的是城寨頹毀心碎的回憶，硬生生將他打成了一個置之度外的「觀光客」。

遺忘也好、記得也好，現實中的九龍城寨終究走入歷史，因為歷史上的孤兒情境，這曾經被戲稱為大清最後一塊領土的地方，較大清遲了超過半世紀才走入歷史。未料城寨空間的種種負面形象，成為流行文化中的賽博龐克寵兒。城寨的末世感、冒險感搭上了後人類社會的列車，過去對它不屑一顧的香港，在城寨狂飆的「黑品牌」上找到了自己未來的身影，「城寨的故事被納入一個正在建構中的香港論述。這些論述不一定完整，也有可能缺乏一個似模似樣的故事。……那曾是很多人不敢踏足的社區（雖然並無充足的理由），現在很隨便的被視為在香港很有代表性的地方。」[54]其實這些城寨故事與真實並不符合，但對於香港正在消失的某些東西，恰可以藉由重新想像已經不存在的城寨，從中挖掘（事實上是一種發明）足以指認其為香港社會的文化元

---

[54] 呂大樂，〈傳說中的「三不管」地帶〉，頁278。

素，找回遺落駛向1997列車軌道上的香港本然所屬物，儘管那也許只是一種虛構。

　　由此，九龍城寨的消失也成為一種末日預示。香港回歸前，董啟章〈永盛街興衰史〉以〈客途秋恨〉曲詞作為港人文化身分追尋的小說骨架；施叔青〈她名叫蝴蝶〉中黃得雲以一曲「況且客途抱恨對誰言」[55]鋪陳回不去的境遇。南音《客途秋恨》從香港唱到九龍寨，杏兒唱出了港人的過客境遇，浮城無根的認同焦慮，花妙玲的「……空抱恨。琵琶休再問，惹起我青衫紅淚更銷魂……。」既是她的也是九龍城寨的茫茫身世寫照。城寨在流行文化中生氣勃勃地回返，香港在實體九龍城寨消失後一反過去的視而不見，以此建構香港的文化符號，對於失城之後霸氣回歸的賽博龐克之城，香港人興許心嚮往之。

---

[55] 陳國球，〈涼風有信——《客途秋恨》的文學閱讀〉，《香港的抒情史》（香港：中文大學出版社，2016），頁397。

# ▍引用書目

## 壹、中文

### 一、專書

（清）全祖望，《鮚埼亭集外編二》，《續修四庫全書》，冊1429，上海：上海古籍出版社，2002。

（清）文慶、賈楨、寶鋆等纂輯，〈耆英奏九龍山逼近香港亟應建立城寨以資防守摺〉，《籌辦夷務始末》（道光朝），北京：中華書局，1964。

中央研究院民族學研究所編譯，《番族慣習調查報告書》（第五卷），臺北：中央研究院民族學研究所，2003。

王德威，《後遺民寫作》，臺北：麥田出版社，2007。

———，《茅盾，老舍，沈從文寫實主義與現代中國小說》，臺北：麥田出版社，2009。

———，《現代抒情傳統四論》，臺北：國立臺灣大學出版中心，2011。

———，《後遺民寫作》，臺北：麥田出版社，2007。

———，《跨世紀風華：當代小說20家》，臺北：麥田出版社，2002。

———，《如何現代，怎樣文學？》，臺北，麥田出版社，1998。

史書美，《反離散：華語語系研究論》，臺北：聯經出版事業公司，
　　2017。

史書美著，楊華慶譯：《視覺與認同：跨太平洋華語語系表述、呈現》，
　　臺北：聯經出版社，2013。

李有成，《離散》，臺北：允晨文化，2013。

李豐楙，《誤入與謫降：六朝隋唐道教文學論叢》，臺北：臺灣學生書
　　局，1996。

赤烈曲扎，《西藏風土志》，中國拉薩：西藏人民出版社，1982。

周蕾，《寫在家國以外》，香港：牛津大學出版社，1995。

東海大學中文系編，《苦悶與象徵：六〇、七〇年代台灣文學與社會》，
　　臺北：文津出版社，2007。

邵玉銘，《保釣風雲錄：一九七〇年代保衛釣魚台運動知識分子之激情、
　　分裂、抉擇》，臺北：聯經出版社，2013。

姚嘉為，《在寫作中還鄉》，臺北：允晨文化，2011。

范銘如，《文學地理：台灣小說的空間閱讀》，臺北：麥田出版社，
　　2008。

范銘如，《空間／文本／政治》，臺北：聯經出版社，2015。

孫大川，《久久酒一次》，臺北：張老師文化，1991。

高嘉謙，《遺民、疆界與現代性：漢詩的南方離散抒情（1895-1945）》，
　　臺北：聯經出版事業公司，2016。

陳國球，《香港的抒情史》，香港：中文大學出版社，2016。

陳智德，《地文誌：追憶香港地方與文學》，臺北：聯經出版社，2013。

陳冠中，《活出時代的矛盾》，香港：香港理工大學賽馬會社會創新設計
　　院，2014。

陳中勳，《失落在膚色下的歷史》，臺北：行人文化實驗室，2018。

童春發，《臺灣原住民史：排灣族史篇》，南投：臺灣省文獻委員會，
　　2001。

臺北帝國大學土俗・人種學研究室著，楊南郡譯著：《臺灣原住民族系統
　　所屬之研究》第1冊，臺北：南天書局，2011。

臺灣總督府臨時臺灣舊慣調查會著，中央研究院民族學研究所編譯：《番族慣習調查報告書〔第一卷〕泰雅族》，臺北：中央研究院民族學研究所，1996。

臺灣總督府臨時臺灣舊慣調查會著，中央研究院民族學研究所編譯：《蕃族調查報告書：第4冊》，臺北：中央研究院民族學研究所，2011。

臺灣總督府臨時臺灣舊慣調查會著，中央研究院民族學研究所編譯：《蕃族調查報告書：第5冊　泰雅族前篇》，臺北：中央研究院民族學研究所，2012。

趙宗福主編，《昆侖神話的現實精神與探險之路》，中國西寧：青海人民出版社，2013。

鄭金德，《大西藏文化巡禮》，臺北：雲龍出版社，2003。

魯金，《九龍城寨簡史》，香港：三聯書店，2018。

蕭阿勤，《回歸線實：台灣一九七〇年代的戰後世代與文化政治變遷》，臺北：中央研究院社會學研究所，2008。

錢伯成，《問思集》，上海：上海古籍出版社，2001。

錢穆，《中國近三百年來學術史》，臺北：臺灣商務印書館，1983。

簡政珍，《放逐詩學：台灣放逐文學初探》，臺北：聯合文學出版社，2003。

簡鴻模，《從杜魯灣東遷花蓮Tgdaya部落生命史》，臺北：永望文化，2005。

顧頡剛，《顧頡剛民俗學論集》，上海：上海文藝出版社，1998。

〔英〕Tim Cresswell著、王志弘、徐苔玲譯：《地方：記憶、想像與認同》，臺北：群學出版，2006。

〔英〕Mike Crang著，王志弘、余佳玲、方淑惠譯，《文化地理學》，臺北：巨流圖書，2008。

〔英〕Paul Dobraszczyk（保羅‧多伯拉茲克）著、韓翔中譯，《未來城市：漂泊‧垂直‧廢墟：虛構與真實交織的人類世建築藍圖》，臺北：臺灣商務，2021。

〔法〕加斯東‧巴舍拉（Gaston Bachelard）著，龔卓軍、王靜慧譯，《空

間詩學》，臺北：張老師文化，2003。

〔挪〕諾伯舒茲（Christian Norberg-Schulz）著，施植民譯，《場所精神—
　　邁向建築現象學》，臺北：田園城市文化，1995。

〔美〕Yi-Fu Tuan著，潘桂成譯，《經驗透視中的空間和地方》，臺北：國
　　立編譯館，1998。

〔法〕Roland Barthes（羅蘭‧巴特）著，許綺玲譯，《明室‧攝影札
　　記》，臺北：臺灣攝影工作室，1997。

〔法〕德勒茲、加塔利著、姜宇輝譯，《資本主義與精神分裂（2）：千
　　高原》，上海：上海世紀出版，2010。

〔加〕Greg Girard（格雷格‧吉拉德）、Ian Lamibot（林保賢），《黑暗之
　　城：九龍城寨的日與夜》，香港：中華書局，2015

〔日〕馬淵東一著，楊南郡譯著，《臺灣原住民族移動與分布》，臺北：
　　原住民委員會、南天書局，2014。

〔日〕伊能嘉矩、粟野傳之丞撰，傅琪貽（藤井志津枝）譯註，《臺灣蕃
　　人事情》，臺北：原住民委員會，2017。

## 二、文本

王禎和，《玫瑰玫瑰我愛你》，臺北：洪範書店，1994。

田雅各，《最後的獵人》，臺中：晨星出版社，1987。

伊苞，《老鷹，再見》，臺北：大塊文化出版社，2004。

杜國威，《城寨風情：杜國威舞臺劇本全集》，香港：次文化有限公司，
　　1998。

吳明益，《家離水邊那麼近》，臺北：二魚文化，2007。

李永平，《婆羅洲之子與拉子婦》，臺北：麥田出版社，2018。

林蔭，《九龍城寨煙雲》，九龍：獲益出版社，1996。

侶倫，《無名草》，香港：虹運出版社，1950。

──，《向水屋筆語》，香港：三聯書店，1985。

張系國，《地》，臺北：洪範書店，2002。

———，《衣錦榮歸》，臺北：洪範書店，2007。

———，《帝國與台客》，臺北：天下雜誌，2008。

———，《張系國大器小說：食書》，臺北：洪範書店，2002。

———，《黃河之水》，臺北：洪範書店，2004。

———，《孔子之死》，臺北：洪範書店，1978。

———，《昨日之怒》，臺北：洪範書店，1979。

———，《香蕉船》，臺北：洪範書店，1976。

———，《遊子魂組曲》，臺北：洪範書店，1999。

———，《讓未來等一等吧》，臺北：洪範出版社，1987。

張愛玲，《重訪邊城》，北京：十月文藝出版社，2012。

陳雨航，《小鎮生活指南》，臺北：麥田出版社，2012。

陳映真，《父親》，臺北：洪範出版社，2004。

陳黎，《聲音鐘》，臺北：元尊文化，1997。

謝裕民，《重購南洋圖像》，新加坡：Full House Communications，2005。

———，《謝裕民小說選》，香港：明報出版社，2007。

潘國靈，〈遊園驚夢〉，《滄浪》20（2001.01），頁5-14。

## 三、專書論文

李歐梵，〈張愛玲在香港〉，收於王德威主編，《哈佛新編中國現代文學史》（上）（臺北：麥田出版，2021），頁505-508。

孫大川，〈臺灣原住民的面貌的百年追索〉，收於臺北帝國大學土俗・人種學研究室著，楊南郡譯著，《臺灣原住民族系統所屬之研究》》，（臺北：南天書局，2011）第1冊，頁v-vii。

高嘉謙，〈城市華人與歷史時間：梁文福與謝裕民的新加坡圖像〉，收於鄭毓瑜主編，《文學典範的建立與轉換》（臺北，臺灣學生書局，2011），頁493-518。

康培德，〈清代「後山」地理空間的論述與想像〉，收於吳冠宏主編，《後山人文》（臺北：二魚文化，2008），頁046-056。

黃心雅，〈原鄉離散：安綴姿的自我種族誌《擲火向陽‧擲水向月》〉收於李有成、張錦忠主編，《離散與家國想像》（臺北，允晨文化，2010），頁363-392。

蕭國健，〈香港九龍城內之古蹟考〉，收於林天蔚、蕭國健，《香港前代史論集》（臺北：臺灣商務印書館，1985），頁274-290。

顏崑陽，〈後山的存在意識〉，收於吳冠宏主編，《後山人文》（臺北：二魚文化，2008），頁026-044。

〔日〕馬淵東一：〈高砂族的分類：學史的回顧〉，收於滿田彌生、蔣斌主編，《原住民的山林及歲月：日籍學者臺灣原住民族群生活與環境研究論文集》（臺北：中央研究院民族學研究所，2012），頁9-31。

〔日〕馬淵東一，〈山地高砂族的地理知識與社會、政治組織〉，收於滿田彌生、蔣斌主編，《原住民的山林及歲月：日籍學者臺灣原住民族群生活與環境研究論文集》（臺北：中央研究院民族學研究所，2012），頁239-282。

## 四、期刊論文

也斯，〈香港的故事：為甚麼這麼難說〉，《香港文化》（香港：香港藝術中心，1995），頁4-12。

王明珂，〈歷史事實、歷史記憶與歷史心性〉，《歷史研究》5（2001），頁136-147。

王德威，〈「根」的政治‧「勢」的詩學：華語論述與中國文學〉，《中國現代文學》24（2013.12），頁1-18。

王智明，〈敘述七〇年代：離鄉、祭國、資本化〉，《文化研究》5（2007.03），頁7-48。

丘彥明，〈張愛玲在台灣——妓女坐在嫖客腿上看她〉，《聯合文學》3卷，第五期，總29（1987.03），頁97。

曲楠，〈張看台港：張愛玲「邊城」書寫中的「重返」與「重訪」〉，《現代中文學刊》2015第4期，總37（2015.4），頁80-91。

何文敬，〈跨種族的兩性關係與兩代衝突——雷祖威的《愛之慟》〉，
　　《歐美研究》34.2（2014.06），頁231-264。

余光宏，〈泰雅族東賽德克群的部落組織〉，《中央研究院民族學研究所
　　集刊》50（1980.09），頁91-110。

李有成，〈在冷戰陰影下：黃春明與王禎和〉，《臺北大學中文學報》26
　　（2019.09），頁1-24。

林嘉男、許毅璿，〈人與環境關係之論述：釐清「地方感」、「地方依
　　附」與「社區依附」在環境研究上的角色〉，《環境教育研究》5.1
　　（2007.09），頁41-71。

林繼富，〈昆侖文化與藏族文化關係研究〉，《青海社會科學》2010年
　　第5期（2010.09），頁14-17。

紀心怡，〈出走是為了返家：論《老鷹，再見》中旅行書寫的意涵〉，
　　《文學臺灣》63（2007.07），頁244-269。

徐國明，〈一種餵養記憶的方式——析論達德拉瓦‧伊苞書寫中的空間隱
　　喻與靈性傳統〉，《台灣文學研究學報》4（2007.04），頁167-188。

張松建，〈家國尋根與文化認同：新華作家謝裕民的離散書〉，《清華中
　　文學報》12（2014.12），頁425-467。

陳芳明，〈張愛玲與台灣文學史的撰寫〉，《中外文學》27.6（1998.11），
　　頁54-72。

陳意曉，〈王禎和小說《玫瑰玫瑰我愛你》中的文化板塊運動〉，《中國
　　現代文學》22（2012.12），頁155-170。

麥繼安，〈不是過眼雲煙：林蔭的九龍城寨煙雲〉，《作家雙月刊》1
　　（1998.05），頁30-35。

黃心雅，〈奇哥娜‧邊界‧階級——墨美女性書寫中的性別、種族與階級
　　意識〉，《歐美研究》35（2015.06），頁279-322。

黃美英，〈為瑞岩部落留下歷史記憶——泰雅起源聖地與瑞岩部落的遷
　　移〉，《原住民族文獻》10（2013.08），頁18-24。

黃憲作，〈花蓮地區的傳統文學（上）〉，《國文天地》16.12
　　（2001.05），頁77-81。

黑帶巴彥，〈泰雅族口述傳說與歷史之間的意義〉，《新竹文獻》46（2011.11），頁7-24。

黑帶巴彥，〈泰雅族的遷徙型態〉，《新竹文獻》1（2000.04），頁91-92。

楊翠，〈兩種回家的方法——論伊苞《老鷹，再見》與唯色《絳紅色的地圖》中的離／返敘事〉，《民族學界》35（2015.04），頁35-95。

董恕明，〈在混沌與清明之間的追尋——以達德拉凡・伊苞《老鷹，再見》為例〉，《文學新鑰》8（2008.12），頁129-161。

廖守臣：〈泰雅族東賽德克群的部落遷徙與分佈（上）〉，《中央研究院民族研究所集刊》44（1977.09），頁61-206。

劉于雁，〈跨界失落？奈波爾小說中的移民與遷移隱喻〉，《英美文學評論》，12（2008.12），頁105-140。

劉秀美，〈日治時期臺灣賽德克亞族祖源敘事中的根莖流轉脈絡〉，《成大中文學報》60（2018.03），頁1-30。

謝世宗，〈資本主義全球化下的臺灣社會顯微——重讀王禎和《玫瑰玫瑰我愛你》〉，《臺大文史哲學報》83（2015.11），頁37-65。

## 五、研討會論文

陳芷凡，〈說故事的人：《老鷹，再見》的文化詩學與文化翻譯〉，「第二屆『文學、邊境、界線』國際研討會」論文（國立交通大學客家文化學院人文學系主辦，2008.03）。

## 六、學位論文

陳韋廷，《知識分子與疏離——張系國前期小說研究》，臺中：東海大學中國文學系碩士論文，2011年。

## 七、報刊網路

也斯，〈九龍城寨：我們的空間〉，《華僑日報・文廊》61，1994年1月

9日。

梁慧玲，〈九龍城寨Cyber版再見〉，《明報》C17，1998年10月16日。

〈周日風景：城寨復刻　撿一瞬被遺忘時光〉，《蘋果日報》，2014年4月13日。

達德拉凡・伊苞講述，陳芷凡、林宜妙訪問，「台灣原住民族數位典藏資料庫」（來源：http://portal.tacp.gov.tw/onthisdate_archive_detail/1071，瀏覽日期：2009.03.26。

〈花蓮市日出觀光香榭大道整體景觀工程〉，https://pw.hl.gov.tw/Detail/1eddcccbf2d475897368701d6d3a9be2020/12/5，瀏覽日期：2020.10.12

京秋，〈靜止在60年代的港鎮生活──陳雨航《小鎮生活指南》〉，博客來OKAPI閱讀生活誌，https://okapi.books.com.tw/article/1469，瀏覽日期：2021.514。

陳雨航座談，〈「專業作家」在臺灣的可能性？〉，2002年1月9日，http://www.fengtipoeticclub.com/02Fengti/loloh/loloh-s001.html，瀏覽日期：2021.6.28

陳文龍，〈我的城寨童年回憶──「三不管」的香港九龍城寨〉，https://www.thenewslens.com/article/98591，瀏覽日期：2021.2.12。

關懷遠，〈從歷史裡走出來的九龍城寨〉，《文化評論》43（2014.11），https://www.ln.edu.hk/mcsln/archive/43rd_issue/about_us.shtml，瀏覽日期：2021.4.22。

〈反烏托邦之城、香港史上惡名昭彰的建築巨獸──九龍城寨〉，https://moom.cat/tw/post/feature/city-of-darkness，瀏覽日期：2021.3.5。

日本網友傷心大悲報！日本人氣九龍城寨大型娛樂設施「ウェアハウス川崎店」確認結業〉，https://www.likejapan.com/，瀏覽日期：2021.3.22。

〈傳說中的邪典遊戲《九龍風水傳》續作：1997年28年後的香港《KOWLOON'S RHIZOME》〉，https://www.likejapan.com/anime/kowloons-rhizome/，瀏覽日期：2021.2.23。

# 貳、外文

Anzaldúa, Gloria. "To Live in the Borderlands Means You," Borderlands La Frontera: The New Mestiza. San Francisco: Aunt Lute Books, 1999.

Appadurai, Arjun. Modernity at Large: Cultural Dimension of Globalization. Minneapolis and London: University of Minnesota Press, 1996.

Gilles Deleuze and Felix Guattari, A Thousand Plateaus: Capitalism and Schezophrenia, trans. Brian Massumi, Minneapolis: University of Minnesota Press 1987.

Hall, Stuart, "Cultural Identity and Diaspora,"in Jonathan Rutherford, ed., Identity: Community, Culture, Difference. London: Lawrence & Wishart, 1990, pp.222-237.

Holliday, Adrian. "Complexity in Cultural Identity," Language and Intercultural Communication 10/2 (May. 2010): 165-177.

Jussawalla, Feroza. "South Asian Diaspora Writer in Britain: 'Home' versus 'Hybridity' " in G. Kain, ed., Ideas of Home: Literature of Asian Migration, East Lansing, MI: Michigan State University Press, 1997.

Landsberg, Alison. Prosthetic Memory: The Transformation of American Remembrance in the Age of Mass Culture. New York: Columbia University Press, 2004.

Relph, E. Place and placelessness, London:Pion Ltd.1976.

Relph, E.Rational Landscape and Humanistic Geography, London:Croom Heim, 1981.

Rushdie, Salman. Imaginary Homelands: Essays and Criticism 1981- 1991. London: Granta Books, 1991.

William, Safran. "Diasporas in Modern Societies: Myths of Homeland and Return," Diaspora: A Journal of Transnational Studies 1/1 (Spring. 1991): 83-99.

# ▌後記

　　向來喜歡依照感覺行事，寫論文、做計劃也一樣，沒有找到感覺總是提不起勁！記得多年前好友陳大為關心我的升等狀況，提醒我發表論文時要注意順著同一個主題發展，不要想寫甚麼就寫甚麼，結果論文五花八門，完全兜不出一個主題，因此升等一事便拋諸九霄雲外。這些年聽到最多的就是周邊師友的勸告：「不要太有個性，先把升等論文完成再要個性。」而我依然故我，必須發現有興趣想瞭解的議題時，才會動筆。更嚴重的是，或許天生特別富有冒險精神，在學術之外的天地有我興趣盎然的種種事物，於是經常忘懷的走入別人的森林而荒廢了自己的果園。

　　這一次疫情期間，終於卯起勁來把多年來的承諾做一個結束，那是對自己學術工作的交代，也是對關心親友的回答。已經發表的論文果真五花八門，顯現了自己多年的隨興而為。因此在已發表的論文中挑選與自己這幾年關注人文地理主題有關的五篇論文，再加上這一年來一直想探討的兩篇主題，集為一冊，多年前應該完成的任務，總算在及時醒悟收斂中做一個收尾。這些年

要感謝的人太多，首先要感謝好友美玲和舍妹，總是在我天馬行空編織夢想的時候，無怨無悔地提供資金和精神的支持，讓我得以像個孩子般任性走入別人的森林。在學術路上，我的研究所導師金榮華先生和勁榛學長永遠是那開啟鑰匙的手。好友如珊雖然自己必須面對多重的生活考驗，卻從來沒有放棄在身邊支持加油。嘉謙、大為、怡雯、李松總是不計時間的兩肋插刀，讓身兼學術期刊主編的我，得以一路支撐下去。金倫不時的提供書籍資料，浴洋、李靜的跨海協助，中文系惠萍教授不時的鼓勵，都是這本書所以能夠完成的動因。生活上我的家人（姊姊、姊夫不計風雨的來去接送，讓我重溫童年的幸福夢。大哥、大嫂永遠敞開大門的溫暖，二哥、二嫂義無反顧陪伴父親，要我們放手追尋夢想）、好友素里、媛婷經常的噓寒問暖，明月、正奇、小娟總是予以最高規格無微不至的關懷，成為徬徨中最溫暖的支柱，啟明長久以來的信任與有求必應，感懷於心。感謝即使畢業也持續使命必達的學生奇郁、人弘、纈育、柏蓁、慧軒和耀緯，論文書寫過程感謝華文所研究生謙郡、美英、治澤、相儒協助書籍資料之蒐集以及俊龍的翻譯。華文系助理不厭其煩的協助解決教學及系務問題，銘感於心。華文系諸位同仁的和諧與包容，是作為華文系一份子最大的幸福。

　　寓居台北早已超過十八歲離家前的歲月甚多，在台北感謝王老太太讓我有一個像家一樣溫暖的去處，Mike和Jennifer家人般的關心與支持，最佳領隊宗暐不時提供的野放時光，為論文增加不

少力量。最後，謝謝為這本書寫序的王德威教授，時時提點下總是包容我在學術上的惰性，人生中良師益友、知音殊為難得，我很慶幸擁有這樣一位良師益友及知音。

這幾年生命中重要的母親及長輩王老太太相繼離去，母親生前是個重視讀書的人，總是掛念我延宕的升等，王老太太老是穿越時空的要我盡本分好好讀書，在她們的眼中我恐怕是一個「不好好讀書的人」。這本小書終究遲到了！我想她們早已知道我的蝸牛性格，也早就明白我最終會送來一份遲到的心意。

國家圖書館出版品預行編目

土地的詩意想像：時空流轉中的人、地方與空間 /
劉秀美著. -- 臺北市：青木元有限公司,
2021.08
　面；　公分
　ISBN 978-986-06962-0-2(平裝)

1.臺灣文學 2.文學評論 3.文集

863.07　　　　　　　　　　　110012658

青木元文庫　青木人文

# 土地的詩意想像：
# 時空流轉中的人、地方與空間

作　　　者／劉秀美
發 行 人／魏美玲
主　　　編／高嘉謙
責任編輯／趙謙郡
校　　　對／劉俐君
封面設計／陳　容
封面攝影／劉秀美
出　　　版／青木元有限公司
　　　　　　台北市北投區中央北路四段515巷58號6樓
　　　　　　電話：+886-933-109-917
製作銷售／秀威資訊科技股份有限公司
　　　　　　114 台北市內湖區瑞光路76巷69號2樓
　　　　　　電話：+886-2-2796-3638
　　　　　　傳真：+886-2-2796-1377
網路訂購／秀威書店：https://store.showwe.tw
　　　　　　博客來網路書店：https://www.books.com.tw
　　　　　　三民網路書店：https://www.m.sanmin.com.tw
　　　　　　讀冊生活：https://www.taaze.tw

出版日期／2021年8月
定　　　價／360元